「こういうのは初めてですが……どうですか？」
「あまり着ないから……少し手間取っちゃったわ
香《か》
雪城《ゆきしろ》愛理沙《ありさ》
お見合いしたくなかったので、
無理難題な条件をつけたら
同級生が来た件について 5

「二十番、雪城愛理沙です。
投票、よろしくお願いします」
橘《たちばな》亜《あ》夜《や》香《か》
上《うえ》西《にし》千《ち》春《はる》

「え、えっと……へ、変、ですか？」

「こ、こうした方が、
由弦さんも……塗りやすいですよね？」

お見合いしたくなかったので、無理難題な条件をつけたら同級生が来た件について5

桜木桜

角川スニーカー文庫

23310

Contents

story by sakuragisakura
illustration by clear
designed by AFTERGLOW

prologue　婚約者との日常

それはゴールデンウィークが明けてから、少しした……
ある日の休日のこと。
高瀬川由弦《たかせがわゆづる》は駅の改札付近で、一人立っていた。
何度か腕時計を見て、それから携帯を確認する。
しばらくすると……
「由弦さん」
小さな可愛《かわい》らしい声が聞こえてきた。
由弦が振り向くと、可愛らしい女の子が立っていた。
色素の薄い茶髪に、白い肌、翡翠色《ひすいいろ》の瞳。
由弦の恋人であり、婚約者。
雪城愛理沙《ゆきしろありさ》がそこに立っていた。
「すみません、お待たせしてしまって」

申し訳なさそうに愛理沙はそう言った。

一方、由弦は大きく首を横に振る。

「いいや、俺も今、来たところだ」

実際は少し待ったのだが、素直にそれを言ったりはしない。

様式美というやつだ。

それに十分程度の遅刻で怒るほど、由弦の器は小さくない。

「あ、でも……」

ふと、あることを思いついた由弦はそう呟《つぶや》いた。

一方、愛理沙はきょとんと首を傾《かし》げる。

「……どうしましたか？」

「ちょっぴり、待ったから、お詫《わ》びして欲しいな」

そんなことを由弦は言った。

一瞬、愛理沙は首を傾げる。

由弦の意図を図りかねたからだ。

見たところ怒っているわけではない。

謝罪を求めているわけでもない。

この場合、お詫びとは何を意味するのか。

と、少し考え込んでから愛理沙の頬《ほお》が僅かに赤く染まった。

「……分かりました」

愛理沙はそう言うと、そっと由弦の肩に両手を置いた。

そして僅かにつま先立ちになる。

由弦の碧《あお》い瞳の中に、愛理沙の翠《みどり》の瞳が映り込む。

由弦の瞳に映った少女は、恥ずかしそうに目を僅かに伏せた。

そして瞳を閉じ……

「んっ……」

由弦の頬へ。

その柔らかい唇を押し当てた。

「……これで、よいですか？」

瞳を潤ませ、由弦を睨《にら》むようにしながら愛理沙はそう言った。

白い肌が真っ赤に染まっている。

後から恥ずかしくなってしまったようだ。

「うん……ありがとう」

由弦はそう言うと、軽く愛理沙の体を抱いた。

そして頬に接吻《せっぷん》する。

すると、愛理沙はとろんと目を蕩《とろ》けさせた。

由弦はそんな愛理沙の手を握る。

「じゃあ、行こうか」

「はい」

顔を僅かに赤らめた愛理沙は嬉《うれ》しそうに頷《うなず》いた。

※

さて、本日のデートの舞台はすでに何度も訪れたことがある場所。

いわゆる、総合娯楽施設だ。

初めてデートに行った場所でもあるので、二人にとって思い出深い。

「着替え、終わりました」

デート用のお洒落《しやれ》な服から、動きやすい服装へと着替えを終えた愛理沙は由弦にそう言った。

ショートパンツにTシャツというシンプルな姿だ。

髪は珍しく、ポニーテールにしている。

「……どうしました？」

「いや、何を着ても似合うなと思って」

動きやすさを重視した服装ではあるが、それでもお洒落で可愛らしい。

もちろん、着ている本人が可愛らしいのだから当然なのだが。

「おだてても、何も出ませんよ？　……それで今日は何をしましょうか？」

由弦の賛辞を軽く流しつつ、愛理沙はそう言った。

もっとも、仄《ほの》かに頰が赤く染まっているのは御愛嬌だ。

「そうだねぇ……」

もうすでに何度もここで遊んでいる。

ダーツやボウリング、バッティングなど一通り経験した。

「久しぶりにテニスでもする？」

初めてここに来た時は、二人でテニスをした。

そんなことを思い出しながら由弦はそう言った。

「懐かしいですね。……いいですよ」

一方、愛理沙も昔を思い出したらしい。

目を僅かに細めてから、頷いた。

早速、ラケットとボールを借り、二人はテニスコートに立った。

手始めに軽くラリーを始める。

二人の間を黄色のボールが何度も行き交う。

「試合だけど、何回やる？」

「そうですね。……三回にしましょう。勝敗がはっきりします」

「じゃあ……何か、罰ゲームとか決める？」

由弦がそんなことを言うと、愛理沙は挑発的な笑みを浮かべた。

「いいですよ。……勝った方が負けた方にお願いを一つ叶《かな》えてもらえるというのは如何《いかが》ですか？」

「いいよ。……勝つのは俺だしね」

勝ったらまたキスでもしてもらおうか。

そんなことを考えながら、由弦は一球目のサーブを打ち込んだ。

ここからは仲良しカップルと言っても、真剣勝負だ。

「勝った方が負けた方にお願いを一つ叶えてもらえる」という報酬があるのだから、尚更《なおさら》だ。

そして一回戦目の結果は……

「むむ……」

「私の勝ちですね」

由弦は愛理沙に勝ちを譲る結果になった。

汗を拭きながらも、上機嫌な愛理沙に由弦は尋ねる。

「前より上達した？」

「実は亜夜香《あやか》さんたちと、何度か遊んでるんですよ」

どうやら由弦の知らない間に特訓していたらしい。

これは真剣にやらないと負ける。

彼氏としての沽券《こけん》に関わる。

「次も私が勝っちゃいますね」

「そうはいかない」

由弦は気合いを入れて、二回戦目に挑む。

そして二回戦目の結果は……

由弦の勝ちだった。

勝因は一回戦目よりも緊張感を持って挑んだというのが一つ。

もう一つは……

「体力や筋力では、さすがに負けないからね」

「なんか、狡《ずる》くないですか？」

身体能力には男女で大きな差がある。

運動音痴の男子と運動神経の良い女子ならば前者が負けることはあるが……幸いにも由

弦の運動神経は決して悪くない。

　だから勝負が長引くほど、由弦が有利になるのだ。

「次も勝つよ」

「……絶対に負けません」

　三回戦目。

　由弦も愛理沙も互いに譲らない激戦となった。

　そして最後に勝利を手にしたのは……

「やったぁー！」

「なん……だと？」

　愛理沙だった。

　由弦の敗因は二回戦目の勝利で油断してしまったことだった。

　逆に愛理沙は気を引き締めることができたため、由弦に勝つことができたのだ。

「じゃあ、後で私のお願い、聞いてくれますよね？」

「……まあ、いいけど。何をすれば？」

　由弦がそう言うと、愛理沙は僅かに頬を赤らめた。

　そして躊躇《ちゅうちょ》してから、唇を動かす。

「え、えっと……その……」

何かを言おうとする愛理沙。

が、しかし何かに気付いたのかハッとした表情を浮かべ、頬に手を当てた。

「……どうした？」

「お願いは後です」

タオルで汗を拭きながら愛理沙はそう言った。

由弦は首を傾げるしかなかった。

※

さて、楽しいデートの時間はあっという間に過ぎた。

二人は運動着から普段着へと着替え、施設を出た。

帰り道、二人は手を繋《つな》ぎながら道を歩く。

「一年前までは、君とこんな関係になるとは思っていなかったよ」

ポツリ、と由弦はそんなことを呟いた。

それに対し愛理沙はクスリと笑う。

「それは私もです……昔は互いに、ぎこちなかったですね」

「はは……仲良しアピールのために、デートに行ったね」

今は仲が良いフリをする必要はない。

事実として仲良しだからだ。

「……今、聞くのも変な話だが」

「はい？」

「当時は……どうだった？　俺とデートするのはさ」

今はともかくとして。

当時の愛理沙は由弦のことが好きだったわけではなかったはずだ。

由弦の見た限りでは当時もそれなりに楽しんでくれているようではあったが……

「楽しくなかったら、好きになってないでしょう？」

「あはは……まあ、それもそうか」

由弦は思わず苦笑した。

それから照れ隠し半分で頬を掻《か》く。

「いや、まあ……総合娯楽施設とかで遊ぶ分はいいけどさ、ほら、プールとかは……最初は嫌だと思ったりしなかったのかなと」

「それは、まあ……えっ！　とは思いましたけど」

愛理沙は僅かに頬を赤らめて言った。

彼氏でもない男性とプールに行くのは少しハードルが高い。

しかし、実際に行ったということは、そのハードルを乗り越えることができたということだ。

「今にして思えば、ですけれど。……あの時から、好きでしたよ」

「え？　……そうだった？」

由弦が思い返す限りだと、愛理沙から「恋心」的な何かを感じたのは、夏祭りの時だった。

プールの時点では愛理沙が好意を抱いてくれているとは、思いもよらなかった。

「いえ、もちろん……今みたいな関係になるとは思ってもいませんでしたけれど」

「……けれど？」

「その、まあ、素敵な人だなと」

恥ずかしそうに目を逸《そ》らしながら愛理沙はそう言った。

それから、なぜか少し怒った表情で、僅かに目を吊《つ》り上《あ》げながら由弦を睨《にら》む。

「そういう、由弦さんは……どうでしたか？」

「……どうでしたか、とは？」

「私が言ったのに、由弦さんが言わないのは、不公平じゃないですか」

つまり、今から丁度一年前の時点で。

愛理沙のことをどう思っていたかという話だ。

「……そうだね」

愛理沙と恋人になりたいと思うようになったのは、いつだったか。

それを思い返すと……やはり夏祭りの後だ。

とはいえ、その前の時点で愛理沙を異性として意識していなかったわけではない。

「俺も……好きだったかも、しれないな」

「かもしれないって、なんですか」

「い、いや……まあ、あまり考えないようにしていたからさ」

愛理沙は可愛《かわい》らしい女の子だ。

それは昔も今も変わらない。……もちろん、厳密には今の方が可愛いが。

これを異性として意識するなというのは、少し無理がある。

「……考えないようにしていた？」

「一応、偽装婚約という建前があったから……考えすぎると、惜しくなっちゃうだろう？」

由弦がそう言うと、愛理沙は僅かに口角を上げた。

「それで、結局、惜しくなっちゃったんですか？」

「そういうことだね」

由弦は躊躇することなく、はっきりとそう答えた。

愛理沙の手を強く握りしめる。

「誰にも渡したくないと……君が欲しくなってしまった」

「そ、そうですか」

想定していたよりも強い言葉だったのか。

愛理沙は僅かに戸惑いの声を上げる。

「……仮にですけど」

「ん？」

「私が嫌だーって、言ったら、どうしました？」

そんな愛理沙の問いに対し、由弦は小さく笑った。

「君に嫌だと言われても……好きになってしまったものは、好きになってしまったものだからね。そう簡単に諦めたりはしないよ」

「……頑張って私を口説くということですか？」

「それはもちろんだけど」

由弦の口角が自然と上がる。

「あらゆる手段を使って、君を手に入れてみせるよ」

「そ、それはまた……」

あらゆる手段。

その中には強引な手法も含まれていることは、言うまでもなく愛理沙に伝わった。

「そんな、由弦さんが本気になったら……」

愛理沙は赤らんだ顔を由弦に向けて。

瞳を潤ませながら。

その蠱惑的《こわくてき》な唇を動かす。

「私、逃げられないじゃないですか」

言うまでもないことではあるが……

高瀬川と天城《あまぎ》では前者の方がずっと力が強い。

〝あらゆる手段〟を使う由弦から、愛理沙が逃げることは難しいだろう。

「逃がすつもりはないよ。……これからも」

一方、由弦は冗談めかした口調で、しかし本気でそんなことを言った。

それから愛理沙に尋ねる。

「それとも逃げる予定が？」

「まさか」

愛理沙は首を左右に振った。

「私も……逃がすつもりはないですよ？」

その辺りはお互い様だろう。

由弦も愛理沙も揃《そろ》って笑った。

「まあ……胃袋の方は摑《つか》まれちゃったしなぁ」

「少なくとも死ぬまでは味噌汁《みそしる》は作ってあげますよ」

「天国でもよろしく頼むよ」

「天国は……まあ、あったらですよねぇ｜。……あるんですかね？」

「それはまあ……死んでみないと」

そんな風に二人が天国について話していると、愛理沙の家の前に到着した。

ここでお別れだ。

「じゃあ、愛理沙。また学校で……」

「……待ってください」

立ち去ろうとする由弦の服を、愛理沙は摑んだ。

由弦は首を傾《かし》げる。

「……もう少し、話していく？」

由弦としても、愛理沙と別れるのは辛い。

もう少し話していたいという気持ちはもちろんある。

……いつまでも立ち話をしているというわけにはいかないが。

「いえ、まあ、そういうわけではなくてですね……ほら、まだ、お願いをしてないじゃないですか」

「お願い……あぁ、テニスのね。うんうん、覚えているよ」

すっかり忘れていた由弦は誤魔化《ごまか》すようにそんなことを言った。

一方の愛理沙はジト目で由弦を睨む。

「もう……」

「えっと……それで、何かな？　……お手柔らかに頼みたいんだけれど」

由弦がそう言うと……

愛理沙は何故《なぜ》か、横を向いた。

そして自分のほっぺを指で指し示す。

「……愛理沙？」

「その、お別れの……その、あれです」

「……あれ？」

由弦がすっとぼけた調子で聞き返すと、愛理沙は顔を真っ赤にしながら、正面を向いた。

「だから、お別れのキ……」

愛理沙は次の言葉を言うことができなかった。

愛理沙の唇を、由弦の唇が塞いだからだ。

「……!?」

突然のことに愛理沙は目を白黒させた。

そうしている間にも、由弦は両手で強く愛理沙を引き寄せ、抱きしめた。
由弦の鼻腔《びこう》を制汗剤の良い香りが擽《くすぐ》る。
全身で愛理沙の柔らかさと、温かさを味わう。
「……っちょ、由弦さ……ん！」
身を捩《よじ》らせ、抗議の声を上げる愛理沙の唇を、再び塞ぐ。
逃がさないと意思表示をするように、
強く抱きしめ。
そして唇を押し付ける。
……時間にして、およそ二十秒ほどか。
由弦はようやく、愛理沙を解放した。
「これでいいかな？」
由弦は声だけは平静に。
しかし顔を赤くしながらそう言った。
……彼もまた恥ずかしいのだ。
「……」
しかし愛理沙の方がもっと恥ずかしい。
顔を真っ赤に染めながら、由弦を睨みつける。

「……次からは、一言言ってからにしてください」

一方、由弦は悪戯《いたずら》な笑みを浮かべた。

「キスしろと、最初に言ったのは、君だろう？」

「わ、私がして欲しかったのは……唇じゃなくて、ほっぺで……」

抗議の声を上げる愛理沙の頬《ほお》へ。

由弦は唇を押し当てた。

「これでいいかな？」

「……はぁ」

愛理沙は誤魔化すように大きなため息をついた。

そして踵《きびす》を返し……

家のドアを開ける前に、由弦を振り返る。

そして怒った顔で言った。

「許してあげます」

第一章　婚約者と学園祭

「どうですか？　由弦《ゆづる》さん」

「うん……美味《おい》しいよ」

由弦がそう答えると愛理沙《ありさ》は嬉《うれ》しそうに微笑《ほほえ》んだ。

「そうですか。それは……良かったです」

五月中旬の昼休み。

由弦は愛理沙と共に食事をしていた。

当然、弁当は愛理沙の愛妻弁当だ。

味については言うまでもない。

いつも通り、とても美味しい。

ただ……

「……少し量が多くないか？」

日に日にボリューム感が増している……ような気がしていた。

もちろん、栄養バランスは考えられているため肉が増えれば比例して野菜も増えているのだが。

「あぁ……すみません。少し作りすぎてしまって……」

由弦の問いに愛理沙は少し恥ずかしそうに頬を掻いた。

どうやら張り切りすぎてしまったらしい。

……いつも張り切りすぎているのは由弦の気のせいではない。

「でも、男の人ならこれくらい食べられるかなって……その、無理に食べなくても……残しても、いいですよ？」

と、少し悲しそうに愛理沙は言った。

そう言われると由弦は何も言い返せない。

「い、いや……大丈夫だ、これくらい」

実際、食べられないこともない量なのだ。

ただ、次の授業が確実に眠くなるというだけで。

「まあ、でも次からは少し量を抑えてもらえると嬉しいかな？」

「分かりました。気を付けます」

愛理沙に一応釘《くぎ》を刺してから、由弦は再び弁当との格闘に戻る。

この量の唐揚げは少し重いなぁ、などと由弦が思っていると……

「そう言えば由弦さん。今日のホームルーム……学園祭の内容、何を発表するんですか？」

「学園祭……？　喫茶店じゃなかったっけ？」

愛理沙の問いに由弦は首を傾げた。

由弦の高校では五月の末頃に学園祭が開かれる。

各クラスが何か一つ、出し物のようなことをやるのが恒例だ。

と言っても大抵はお化け屋敷か、飲食物の提供か、もしくは演劇のような物の三択だったりする。

由弦のクラスは飲食物の提供……つまり喫茶店のような物をやることになっていた。

「ですから、その内容です。何を出すのか、何をテーマにするのかという話ですよ。……大丈夫ですか？　亜夜香《あやか》さんは由弦さんには絶対に聞くっておっしゃってましたよ」

恐ろしいことに由弦のクラスの学級委員長は亜夜香だ（ちなみに副学級委員長は宗一郎《そういちろう》である）

「何で俺に……」

「由弦さん、レストランでアルバイトをしているじゃないですか。だから良い意見が聞けるはずだと……」

「レストランと喫茶店じゃあ、微妙に違う気がするんだけどなぁ……」

由弦は思わず苦笑した。

そもそも由弦はホールで料理を運ぶ仕事しかしていない。

料理はもちろん、内装などにも建設的な意見は言えないだろう。

「まあ、適当に考えておこうかな」

「やっぱり、考えていなかったんですね。そもそも聞いてましたか？」

「いや、寝てたからな……気が付いたら決まってたし」

由弦はあまり学園祭には興味がなかった。

変な物でなければ何でも良い、できれば楽な方が良い……そんな気持ちだったのだ。

「はぁー、まあ、困るのは由弦さんだと思うので勝手ですが……」

「ちなみに愛理沙は何を考えてるんだ？」

「テーマが決まったら料理について考えますと伝えてますね」

「……狡《ずる》くないか？」

「狡くないです。テーマが決まらないと、メニューが決まらないのは当然ですからね」

確かにその通りだ。

愛理沙と似たような言い訳を……と考えた由弦だが、すぐに断念する。

由弦は料理のことなど分からない。

愛理沙と異なり、役に立たず……亜夜香は納得しないだろう。

「他の女子はどうするか知っているか？」

「天香《てんか》さんはホラー喫茶って言ってましたね。……正直、止めて欲しいです」

「そう言えばお化け屋敷を激押ししてたなぁ……」

未《いま》だに諦めていないらしい。

「千春《ちはる》は？」

「千春さんは水着喫茶だそうですよ」

「欲望剝《む》き出《だ》しだな……」

どうやらクラスの女子の水着をどうしても見たいようだ。

自分も水着にならないといけなくなる……ことは理解しているだろう。そうまでして見たいのだ。

男子の由弦としては賛成……

と言いたいところだが、反対だ。

愛理沙の水着姿を衆目に晒《さら》すなど、あり得ない。

「通らないで欲しいです。……おそらく通りませんが」

「通ったとしても許可は下りないだろう」

風紀的な意味で許可されるはずがない。

一応、これは学校の行事なのだから。

「ちなみに人にいろいろと要求している亜夜香はどうなんだ？」

「亜夜香さんは男装女装喫茶にしようとしていますね」

「……」

「私はアリだと思いますよ」

由弦は嫌だ。

愛理沙の男装は見てみたいが、しかし自分が女装してみたいとは思わない。

そういう趣味はないからだ。

露骨に顔を引き攣《ひっ》らせている由弦に対し、愛理沙は苦笑した。

「嫌そうですね」

「そりゃあ、まあ……」

「嫌なら真面目に対案を考えないと……通っちゃいますよ？」

「……そうだな」

女子はおそらく、男装に対してそこまで抵抗はないだろう。

そして男子の中にも女装に抵抗がない、もしくはしてみたいと思っている人間が少数だがいるはずだ（主に宗一郎など）。

半数以上が賛成に回る可能性がある。

通る可能性が十分にある。

「うーん、でも……」

少し考えてみたが、由弦の脳味噌《のうみそ》ではあまり良い案は浮かばなかった。

時間を掛けて真面目に練るならともかく、今すぐ作るのは難しい。

「あのさ、愛理沙」

「はい」

「……少し考えるの、協力してくれない？」

お願いします！

と、由弦は愛理沙に手を合わせて頼み込んだ。

そんな由弦に対して愛理沙は小さくため息をついた。

「仕方がないですね……」

「ありがとう、愛理沙！」

「貸し一つ、ですからね？」

愛理沙はそう言って微笑んだ。

※

「昔ながらの喫茶店なんてテーマはどうだろうか？」

「それってどういうの？」

「いや、だから古き良き喫茶店みたいな……」

「もっと具体的に言ってよ」

「それはインテリアを古風にするとか……」

「それ、学園祭で作れるような物？　古風というのは具体的には？　そもそも古き良きなんて分かるの？」

　ホームルームにて。

　聖《ひじり》は亜夜香から激しく詰められ、あたふたしていた。

（そこまで詰めなくてもいいんじゃないかと思うんだがなぁー）

　などと、聞きながら由弦は思っていた。

　もっとも、亜夜香の言っていることは正論と言えば正論である。

　古き良き喫茶店など、古き良き時代を知らない自分たちに分かるはずもないからだ。

　聖もその辺りが分からないほど馬鹿ではないはずだが……おそらく適当に考えたのだろう。

　それを亜夜香に見透かされている様子だ。

（……俺も人のことは言えないが）

　明日は我が身である。

「これはひじりんには女装してもらうしかないかなぁー」

「ま、待ってくれ！　ちゃ、チャンスを！」

「それはゆづるん次第かな。どう？　女装・男装喫茶以外に意見ある？」

亜夜香は突然、由弦に話題を振ってきた。

意見はない……と答えるのは簡単だが、そう答えると高確率で女装・男装喫茶になってしまう。

由弦に選択肢はない。

「うーん、いや、まあ俺は女装・男装喫茶でも悪くはないと思うけどね？」

由弦がそう言うと……

聖が信じられない物を見た！　という顔をした。

そして亜夜香の隣で書記をしていた宗一郎が、ようやくお前も分かったかと言いたげに頷《うなず》いた。

「それで？」

亜夜香は由弦に続きを促した。

「しかし……個人的には、そうだな、女装や男装と、喫茶店が結びつかない気がしてね」

「結びつかないとは？」

「大事なのは飲食物だろう？　そこと結びつかないと……喫茶店の意味がないような気がしないか？　女装や男装をしたいなら、演劇でいい」

「ふーん、まあ、確かにね。……それで？　対案はあるんだよね？」

前置きはいいから早く話せ。

と、言いたそうに亜夜香は由弦にそう促す。

……最初に女装や男装に賛意を示したのは嘘《うそ》っぱちだと、気付いたようだ。

「和風喫茶なんて……どうだろうか？」

「ふーん……普通だね」

「別に奇をてらう必要もないだろう」

由弦はそう言ってから、和風喫茶の利点を淡々と上げる。

第一にテーマが分かりやすいこと。

内装や料理など、方向性を決めやすい。

第二に洋風よりも和風の方が冷菓の種類が豊富であること。

水羊羹《みずようかん》や水饅頭《みずまんじゅう》など、涼し気な菓子は人気が出やすい。

抹茶アイスや抹茶味のかき氷などを出せば、和風と言い張れる。

第三に接客係の服装を決めやすい。

何らかの形で和装をすればいい。

和装そのものはどこかしらでレンタルすれば安くつく。

第四に一般受けしやすい。

少なくとも女装や男装をするよりは、理解されやすい。

(あとまあ、服装については俺や千春のコネも使えるしな)

敢《あ》えて言わなかったが由弦は内心でそう呟《つぶや》いた。

実家での服装が和装であることから、高瀬川家《たかせがわけ》はその手の文化保全には家全体として力を入れている。

上西家《うえにしけ》についても同様だ。

これについては言わずとも亜夜香ならば察する。

「と、まあ……そんなところかな?」

由弦はきっかり三分、プレゼンテーションをしてから着席した。

そして由弦の意見を聞いた亜夜香は……

「ふーん……」

顎に手を当て、何かを考え込んだ様子を見せた。

それからチラッと愛理沙の方を見てから、笑みを浮かべた。

「悪くはなさそうだね」

そう言って宗一郎の方を見た。

すでに宗一郎は由弦が話した内容を黒板に書いていた。

さて、その後は千春が「ひらめきました! 和風水着喫茶はどうですか? 涼し気です!!」などとアホなことを言うというトラブルがあったが……

無事に由弦の意見は賛成多数で可決され……

（よし、女装は回避だな……）

由弦は内心で胸を撫《な》で下《お》ろしたのだった。

※

放課後。

和風のお菓子やかき氷が食べられると評判の甘味処《かんみどころ》で、四人の女子高生がお茶会をしていた。

四人はかき氷を食べながら談笑していたが……

「で、愛理沙ちゃんの意見はどれくらい入ってたの？」

唐突にそのうちの一人、黒髪の女の子、橘《たちばな》亜夜香が愛理沙に対し、そう尋ねた。

「……何のことでしょうか？」

動揺で愛理沙の手が震える。

「ゆづるんのプレゼンテーション。あのゆづるんが真面目に考えて来るはずないと思っていたからさ」

「……そういうこともあるんじゃないですか？　和風というアイデアも、高瀬川家らしくないですか？」

「かもしれないけどね？　あのゆづるんが……料理やお菓子について言及できるかなと思って」

亜夜香の追及に対し、愛理沙は降参とでも言うように両手を上げた。

「……由弦さん、信用ないですね。まあ、確かに私が考えましたよ。……殆《ほとん》ど」

実のところ、愛理沙は「和風喫茶なんてできたら素敵かも？」と内心で思っていたところがあった。

そのため由弦が意見を求めてきたのは好都合だった。

……自分で発表できるほど、愛理沙は自分のプレゼンテーション能力に自信がなかったのだ。

「でも、原稿というか……スピーチ内容を考えたのは由弦さんですよ？」

「それはまあ、そうだよね」

そう言いながら亜夜香は小さく肩を竦《すく》めた。

そんな亜夜香に対し、愛理沙は疑問を口にする。

「ところで……亜夜香さん。そういうあなたはどれくらい本気で、男装・女装喫茶をやろうと思っていましたか？」

「……それはどういう意味かしら？」

「本気でやろうと思ってたなら、由弦さんともっと議論したんじゃないかなーと」

由弦の意見に対し、亜夜香は驚くほど反論したり、詰めたりしなかった。

むしろ由弦の意見が出た後は、自分の主張を引っ込めたように見える。

「まあ、半々と言ったところだね」

「半々？」

「まともな意見が出たなら、それで良いかなと。……まともな意見はゆづるんのしかなかったけどね？」

亜夜香はそう言いながら天香と千春を見た。

二人はムッとした表情を浮かべる。

「ホラー喫茶は悪くないでしょ。血の池かき氷とか、素敵だと思うわ」

「水着の方が夏っぽくていいです！」

「こんなのばっかなんだもの。ひじりんは肝心の中身がないし……」

ため息交じりに亜夜香は肩を竦めた。

「最初から亜夜香さんがまともな意見を出せば良かったんじゃないですか？」

「それで私の意見が通ったら、私が独裁しているみたいじゃない？」

亜夜香は学級委員だ。

その役割は司会としてクラスの意見をまとめることであって、自分の考えを通すことではない。

「だから、イロモノネタ枠を出しておこうかなと。いやー、イロモノネタ枠ばかりだとは思わなかったけどね？」

「そうね。水着はいくら何でも酷《ひど》いわ」

「そうですね。ホラーは子供が泣きます」

そして天香と千春は睨《にら》み合《あ》う。

「もちろん、私としては……愛理沙ちゃんに執事服、ゆづるんにメイド服を着せるのも面白そうだとは思っていたのも事実だけど」

「メイド服の由弦さんですかぁー」

ちょっと見てみたい。

そう思った愛理沙は、由弦にアイデアを提供したのを少しだけ後悔した。

「あーあ、水着……水着見たかったなぁ。亜夜香さんと愛理沙さんと天香さんの……」

「あなたね……何かの間違いで自分の意見が通ったら、自分も水着になるって分かってるの？」

一方で未練たらたらの千春に対し、天香は呆《あき》れ顔《がお》でそう尋ねた。

天香の感覚では、室内で水着になり、さらにそれを不特定多数に晒《さら》すなどあり得ないこ

とだ。

「当たり前です。水着を見ていいのは、自分も見られる覚悟がある人だけです」

「……露出癖でもあるの？」

「そんな本気でドン引きしないでください。……私のもジョークですよ？」

千春は取り繕うように言った。

彼女も一応、良家の子女である。

最低限の分別はある……と信じたいところだ。

「水着なら夏にいくらでも見せてあげるよ、千春ちゃん」

「本当ですか？」

「うんうん。……愛理沙ちゃんも天香ちゃんも、一緒に海に行こう！　大丈夫、やましい気持ちは全くないからね！」

「私も全くありません！　一緒に行きましょう‼」

やましい気持ちしか感じられない亜夜香と千春の言葉に愛理沙と天香は曖昧に頷く。

行けたら行く、と二人はそう答えた。

「はぁ、消極的ですね。……宗一郎さんと由弦さんと、聖さんは来ると思いますけどね？」

「むっ……私だけハブられるのは、嫌ね……」

千春の言葉に天香は少し心を動かされたようだった。

一方で愛理沙は……

「……人の婚約者を勝手に誘わないでください」

ムッとした表情でそう言った。

すると千春は楽しそうに笑う。

「あ、いいですね！　嫉妬している愛理沙さん！　可愛いです!!」

「はぁ、全く……」

愛理沙は思わずため息をついた。

少しでも嫉妬心を抱いた自分が馬鹿みたいだ。

「……そう言えば一つ、確認したいことがありまして」

「……ふむ、何でしょう？」

「由弦さんと千春さんが、昔、婚約者候補だったみたいなことを聞いたのですが……」

千春が由弦に対して思うところが何もないことを、愛理沙は当然知っている。

が、しかし……

どうして黙っていたのか？　と思う気持ちが全くないわけではない。

そんな心のモヤモヤを晴らすために愛理沙は千春にそう問いかけたのだが……

「…………はて？」

当の千春はきょとん、とした表情を返した。

顎に手を当てて、首を傾《かし》げる。

「私と由弦さんが……？　う、うーん……」

「ほら、千春ちゃん。あれだよ、多分。千春ちゃんの伯母さんがアメリカに行っちゃう前の……」

「……あぁ!!　なるほど!!　思い出しました。そんな話があったと、確かに聞いたことがあります」

ポンと千春は軽く手を打った。

そしてジト目でじっと自分を見つめる愛理沙に対し、言い訳をするように言い繕う。

「い、いや……本当ですよ？　というか、そもそも計画段階でポシャッたみたいですし。婚約者候補だなんて、大層なものでもないです」

「ふーん、そうですか。……まあ、確かに由弦さんもそうおっしゃってましたね」

忘れていただけ。

という千春の言い分を愛理沙は信じることにした。

何となく、千春ならあり得る気がしたからだ。

「ところで……どうしてポシャッたのかしら？」

と、ここで身を乗り出すように天香が尋ねた。

これに対して千春は肩を竦めながら答える。

「先代……私の伯母がアメリカ人に口説かれて、アメリカに行っちゃったんですよ。で、私の母に家督が回って、ついでに私も嫁に出られなくなったわけですね」

「じゃあ……そのアメリカ人がいなかったら？」

「いやぁー、どっちにしろ無理な話だったと思いますよ？　私の祖母は高瀬川家のこと、未《いま》だに嫌いみたいですからね。高瀬川のご老公もうちのこと、嫌いみたいですし？」

いろんな意味で事を急ぎすぎた話だったわけですよ。

などと千春は総評した。

それから千春は愛理沙の方を見た。

「あー、でも……そうですね。私は別に高瀬川家のことは、嫌いではありませんからね。ありかもしれません」

「……どういう意味ですか？」

少しだけ。

ほんの少しだけ警戒を強めた愛理沙に対し……

千春は笑みを浮かべて言った。

「いや、ほら、私の子供と由弦さんの子供です」

「……冗談でもやめてもらえませんか？」

「えっ、そんなに怒ることですか……？」

本気で怒り始める愛理沙に、千春は困惑の表情を浮かべる。

これに対し、少し慌てた様子で亜夜香が口を挟んだ。

「ち、千春ちゃん！　それじゃあ、ゆづるんと千春ちゃんとの子供みたいに聞こえるよ！」

「え？　あ、ああ！　すみません、失礼しました。言い方が悪かったですね」

「……？」

どうやら千春が言いたかったことは、愛理沙が捉えた内容と少し異なっているらしい。

首を傾げる愛理沙に対し、千春はペコペコと頭を下げる。

「いや、すみません。確かに言い方が悪かったです。怒るのも当然ですね。私が言いたかったのは……私と、愛理沙さんの子供の話です」

「……女同士では子供はできないと思いますけど」

愛理沙は警戒と困惑の色を浮かべた。

由弦を取られるというのは不愉快だが、かといって千春の欲望が自分に向くのも遠慮したい話だ。

「いえ、最近の科学を駆使すれば……いや、そういうことではなくてですね」

こほん、と千春は咳払《せきばら》いをする。

「あぁー、つまりですね。由弦さんと愛理沙さんの子供と、私の子供を結婚させるという話なら、実現性の高い話ではないかなーと、思ったんですよ」

その頃には、ほら？

私たちの祖父母も天国ですし？　反対する人も少ないいんじゃないですか？

などと言う千春。

一方で愛理沙は……

「わ、私と、ゆ、由弦さんの、こ、子供なんて！　そ、そんな……!!」

顔を真っ赤にして固まっていた。

そして首を大きく左右に何度も振った。

「だ、ダメ……ダメです!!　そんなの!!　高校生で……ふ、不純です!!」

恥ずかしがる愛理沙に対し……

亜夜香と千春は顔を見合わせ、ニヤッと笑みを浮かべた。

「いやー、でも、どうかな？　ゆづるんの方は……」

「案外、こっそり準備しているかもよ？」

「だ、ダメです……そ、そういうのは、もう少し段階を踏んでから……」

「段階？　……愛理沙ちゃんが思う段階って、どんなの？」

「何をどう、されたいんですか？」

愛理沙を揶揄《からか》い始める二人。

あたふたする愛理沙。

そんな三人に対し、天香はため息をついた。

「……店内で止めて欲しいんだけどね」

※

それから数日後の放課後。

木材に釘《くぎ》を打ち付けている由弦に対し、宗一郎が話しかけた。

「面倒くさいと言っていた割には真面目に参加しているじゃないか」

素直じゃない奴《やつ》め。

と言いたそうに宗一郎はニヤニヤと笑みを浮かべた。

由弦は小さく肩を竦《すく》めた。

「俺が面倒だと思っていたのは、学園祭そのものだからな」

「ふむ、というと？」

「接客で変なコスプレさせられたり、劇で何かしらの役をやらされるのが嫌なだけだ」

「準備はそれほど嫌ではないと？」

「頭を使わなくていいからな」

由弦はそう言いながら釘を打ち付ける。

釘が木材の中に入り込んでいくのは見ていて少し気持ちが良い。

「そんなこと言って……本当は少し楽しくなってきたんじゃないか？」

「……まあ、否定はしない」

学園祭というものは、学園祭そのものよりも、準備の方が楽しい。

というのはおそらく多くの生徒に共通することだろう。

一般的生徒……と言えるかどうかは分からない由弦だが――婚約者がいる高校生は一般的とは言えないかもしれない――、その辺りの感性については比較的、一般よりであると自認していた。

そういうわけで由弦も熱心とは言えないものの、それなりに準備に貢献していた。

「そういうお前は少しは何か、したらどうだ？」

「俺は学級委員だからな。お前たちがサボっていないかどうか監視する任務があるのだよ」

「……面倒くさいだけだろ？」

「否定はしない」

宗一郎はそう言いながら由弦の隣に座った。

そして適当な道具を手に取る。

……手に取るだけだ。

仕事をしているふりというやつだ。

　そして丁度、由弦も目の前の仕事を終えてしまった。

「最近、愛理沙さんとはどうなんだ？」

「……どうとは？」

「どこまで行った？」

「……キスまで」

「唇か？」

「……まあ、そうだが」

　由弦がそう答えると、宗一郎は満足そうに頷《うなず》いた。

「ちゃんと、進めたわけだな」

「……上から目線はやめろ。腹が立つ」

「しかし俺のアドバイスのおかげもあるだろう？」

「……いや、全くないわけではないが」

　愛理沙と唇同士の接吻《せっぷん》をしたのは温泉旅行の時。

　その前に宗一郎たちからアドバイスを受けたことは、多少の後押しにはなった。

　とはいえ、「俺の手柄だ」と胸を張って言えるほどではないだろう……

　そう思いながら由弦が水筒に口をつけて……

「次は深い方だな」

「けほっ」

唐突な宗一郎の言葉に由弦は思わず噴き出した。

「何をいきなり……」

「別にいきなりでもないだろう。浅い方を終えたら、次は深い方だ。……もう済ませたか？」

「まさか！」

由弦は首を大きく左右に振った。

深い方……要するに舌を入れるような接吻はしていないし、そもそもできるような雰囲気でもない。

「そもそも……そこまでする意味があるのか？」

手を繋ぐ。

接吻する。

そのくらいなら恋人として愛を確かめるスキンシップ行為として、由弦も必要だと感じている。

だがそこまで行ってしまうと……何となく、ただのスキンシップ行為では済まないような気がしてならない。

由弦の中では、〝さらにその先〟に進むための前段階のような位置づけだ。

そしてそれはさすがに早すぎるのではないかとも、由弦は感じていた。

「何だ、したくないのか？」

「い、いや……別にそういうわけではないが……」

「したいならする意味はあるだろう」

由弦と愛理沙は恋人同士であり、婚約者同士であり、将来のパートナーだ。

パートナーだからと言って何をしてもよいというわけではないし、親しき中にも礼儀ありというが……

だからといって、お互いに遠慮しすぎたり、気を使いすぎたりするのは良くない。

少なくとも片方に意欲があるなら、もう片方にその意欲を伝えるべきだ。

と、宗一郎は語った。

「だがしかし……どう、持っていくんだ？」

「持っていくとは？」

「いや……深い方をしようぜと言って、始めるものでもないだろう」

正直なところ、由弦は愛理沙と〝深い方〟をしている自分をイメージできなかった。

厳密には愛理沙がそれに乗ってくれることを想像できなかった。

多少慣れたとはいえ、軽く唇を合わせるだけでも恥ずかしがってしまうのが愛理沙だ。

いきなりそんなことをしたら死んでしまうのではないかと、由弦は思った。

「そこは雰囲気次第だな」

「雰囲気か……」

「エロい雰囲気だったら、イケる」

「……頼んだら了承してくれるということか？」

舌を入れて良い？

そんな言葉が由弦の脳裏を過る。

「馬鹿かお前は」

由弦の言葉に宗一郎は呆《あき》れ顔《がお》をした。

「そんなこと、口に出したら興ざめだろ。千年の恋も醒《さ》める」

「そ、そうか……？　でも、何も言わずにそんなことをしたら、怒られないか？」

「怒られないようなタイミングを見計らうんだよ」

「な、なるほど……？」

言われてみれば愛理沙も機嫌が良い時と機嫌が悪い時があるし、流されそうな時と流されそうにない時がある。

宗一郎の言うことはそういう〝タイミング〟なのだろう。

理解できないこともない。

……実際に見極められるかどうかは別として。

と、そんな話をしていると……

「高瀬川君、佐竹《さたけ》君……ちょっと良い？」

声を掛けられた。

振り向くと……クラスの女子がいた。

愛理沙のような女の子と比較するとどうしても見劣りするが……

しかしそこそこ可愛い部類に入る女の子だ。

「木材を運びたいんだけど……少し重くて」

由弦と宗一郎は揃《そろ》って顔を見合わせ……

「「もちろん！」」

揃って頷いた。

※

トントン、トントン……

「ありがとう、二人とも！」

「ごめんね、手伝わせちゃって」

ドンドン、ドンドン!!

「いや、気にしなくていい」

「俺たちが運んだ方が早いしな」

バン!!

「ちょっと、愛理沙さん。力込めすぎです……」

力強くトンカチで釘を打ち付けた愛理沙に対し、千春が注意した。

「あっ、すみません」

愛理沙は謝罪し、再び釘を打つ作業に戻るが……

「そう言えば高瀬川君、レストランでアルバイトをしているんだっけ?」

「まあね」

「じゃあ、接客は完璧だね! 頼りにしていい?」

「まあ、俺に教えられるような内容なら……」

自然と愛理沙の手に籠もる力が強くなる。

そんな愛理沙に対し、見かねたように千春はため息をついた。

「愛理沙さん……危ないので、嫉妬するか作業するかの二択にしてください」

「し、嫉妬って……な、何のことですか?」

愛理沙の声が動揺で震えた。

そう、愛理沙は嫉妬していた。

由弦とクラスの女子生徒たちのやり取りが気になって仕方がないのだ。

「男子なんてあんな物ですよ？　気にしたら負けです」

「……」

愛理沙は思わず眉を顰《ひそ》めた。

由弦を〝あんな物〟の括《くく》りに入れられたのが、少しだけ不愉快だった。

しかし現状、由弦が自分以外の女の子と親し気に話しているのも事実だった。

「客観的に見て、愛理沙さんの方が顔も胸もお尻も上です。大丈夫ですよ」

「容姿だけは勝ってるみたいな言い方はやめてください。……それと別に心配しているわけではないです」

愛理沙はクラスの女子生徒に由弦を取られるとはつゆほども思っていない。

もちろん、その手の不安が全くないとまでは言わないが……

しかしクラスに自分を脅かすような存在がいるとは思っていなかった。

「じゃあ、何が気になるんですか？」

「……もやもやしてるだけです」

「はて？　もやもやですか」

「ちょっと褒められたくらいで、チヤホヤされたくらいでデレデレしているのが、何と言うか……」

もごもごと愛理沙は口を動かした。

上手《うま》い表現が見つからず、言《い》い淀《よど》んでいると……

「あぁ……つまり怒っているわけですね？」

千春はそう言い当てた。

そう、愛理沙の心に浮かんだのは怒りだったのだ。

しかし愛理沙はそれを認められなかった。

「いや、別に……さすがにその程度で怒ったりは……」

由弦は浮気をしているわけでも、何でもない。

ただ、女の子を少し手伝って、そのついでに話しているだけだ。

手伝ってくれと言われたら手伝わないわけにはいかないだろうし、同じクラスなのだから会話くらいはする。

決しておかしなことではない。

その程度のことで目くじらを立てるのは、愛理沙が狭量である証《あかし》だ。

愛理沙としては認め辛い部分だ。

「でもイライラしているじゃないですか」

「……むむ」

しかし、実際に愛理沙の〝もやもや〟の正体は由弦に対する怒りだった。

(手伝うなら、私の方を手伝ってくれてもいいじゃないですか。そもそも、声が聞こえる距離で私以外の女の子にデレデレするなんて……私に疑われてもいいと思っているんですか？　それとも私のことなんて気にしてない？　……この程度、確かに浮気じゃないかもしれませんけど。でも、浮気をしていると疑われるかもしれない……くらい考えてくれたって……）

罰は当たらないじゃない。

と、考えれば考えるほど由弦への不満が湧いて出てくる。

愛理沙は小さくため息をついた。

「私……嫉妬深いんですかね？　それとも自信がないからでしょうか？」

「はぁー、どうでしょうかね？　でもそれを含めて愛理沙さんでしょう？」

「それはそうですが……でも、改善できるならした方が……」

「人間の本性なんて変えようと思っても変えられませんよ。我慢はできるかもしれませんけど」

千春は肩を竦《すく》めた。

我慢は心身に良くないというのが千春の考えだった。

「じゃあ……どうすればいいんですか？」

「素直に言えばいいじゃないですか」

「……こんなことで怒ったら、嫌われませんか？」

由弦は浮気をしているわけでも、何でもない。

ただ愛理沙以外の女子と話しているだけなのだ。

何一つ、悪くない。

理不尽に怒られたら、由弦も腹が立つに決まっている。

「それはそうですね。怒ったら嫌な思いをされるでしょうね」

「だったら……」

「問題は伝え方、言い方ですよ。怒らずに怒っていることを伝えるんです」

「……なるほど」

怒らずに怒っていることを伝える。

矛盾しているようだが、しかし愛理沙は千春が何を言いたいか分かった気がした。

「後は可愛くです。どうせなら、プラス評価にまで持っていきましょう」

「それは……どうやって？」

「それを考えるのは愛理沙さんの仕事でしょう？」

千春はそう言って笑った。

「だって、由弦さんが愛理沙さんのどういうところを好きだと思っているのか……それを一番知っているのは、愛理沙さんでしょう？」

※

由弦がクラスメイトと話しながら、のんびりと作業をしているうちに、気付けばホームルームの時刻となった。

この後の放課後は、部活に行くのも、残って学園祭の作業をするのも、帰るのも自由だ。

「高瀬川君はこの後、どうするの？」

クラスの女子生徒にそう聞かれた。

由弦は少しだけ考える。

元々、由弦はそこまで学園祭に参加するつもりはなかったため、放課後になったら帰るつもりでいた。

しかし今はもう少し参加しても良いのではという気持ちになっている。

また、幸いにも今日はバイトの予定はなかった。

「そうだな……」

少し残るつもりだ。

由弦がそう答えようとした……その時だった。

「由弦さん」

声を掛けられた。

振り向くと亜麻色の髪の美少女……愛理沙がいた。

「今日の放課後……喫茶店のメニューを考えようと思っているんですが、付き合ってもらっても良いですか？」

要するに味見係をして欲しいということだろう。

そう判断した由弦は頷《うなず》いた。

「いいよ、分かった。……今日はすぐに帰るよ」

「そうなんだ」

由弦の返答に女子生徒は納得したのか頷き、その場から立ち去った。

……その女子生徒と愛理沙の目が合っていたことに、由弦は最後まで気が付かなかった。


ホームルーム後。

「じゃあ、行きましょう、由弦さん」

「ああ」

由弦は愛理沙と共に学校を出た。

そしてしばらくしてから愛理沙は由弦の手をギュッと握りしめてきた。

「それで……学園祭のメニューだっけ？　これからどうするんだ？」

由弦がそう尋ねると、若干の沈黙の後に愛理沙は首を左右に振った。

「……あれは嘘《うそ》です」

嘘とはどういうことなのか。

由弦は思わず首を傾げ、理由を尋ねようとしたが……

突然、二の腕に押し付けられた柔らかい感触にそのような疑問は吹き飛んだ。

「……あの、愛理沙？」

「どうしたんですか、由弦さん」

愛理沙は由弦の腕に抱き着きながら聞き返した。

愛理沙のブラウスを大きく押し上げている双丘が、由弦の腕にぴったりと触れていた。

歩くたびに僅かな振動と柔らかな感触、仄かな体温が伝わってくる。

「いや……当たっているんだが」

「……何が、ですか？」

「その、胸が」

夏服ということもあり、その膨らみの感触は少し生々しい。

「……当てていると言ったら、どうですか？」

愛理沙はそう言いながら由弦の顔を見上げた。

ほんの少し愛理沙の顔は赤らんでいる。

恥ずかしがっているのは明白だ。

しかし……

(……あれ？　もしかして、怒ってる？)

特に根拠はないが、由弦はそんな雰囲気を愛理沙から感じ取った。

「……由弦さん。今日は少し、寂しかったです」

「……寂しかった？」

「私と話してくれなかったじゃないですか」

「えっと……そう、だっけ？」

由弦は思わず首を傾げた。

今日、登校は愛理沙と一緒だった。

昼に関しては確かに今日は宗一郎や聖たちと食べたので、愛理沙と一緒ではなかったが
……

しかし休み時間など、他愛《たあい》ない会話はした。

少なくとも愛理沙と話していないということはない。

普段通りだ。

……まさか、学校で公然とイチャイチャするわけにはいかない。

「……準備の時間です」

僅かにムッとした表情で愛理沙はそう言った。

なるほどと、由弦は頷いた。

確かに学園祭の準備の時は主に宗一郎や聖と話したりしていたため、愛理沙との会話は少なかった。

しかし由弦は疑問だった。

その程度のことで愛理沙は怒ったりするだろうか？

宗一郎たちと話しているのもダメということになると、四六時中愛理沙と一緒に話をしていないといけないことになる。

愛理沙も由弦以外の人間関係はあるわけで……

そのような理由で不機嫌になるとは考えられなかった。

と、そこまで考えてようやく由弦は一つの考えに思い至った。

(……もしかして、別の女の子と話をしていたのが悪かったのか？)

というよりは愛理沙と作業せずに他の女の子と会話をしたり、作業を手伝ったりしたのが……愛理沙の不機嫌の理由かもしれない。

また、もしかしたらその子に「今日は残るのか？」と聞かれて、残ろうとしたのも悪かったのかもしれない。

由弦は単純に残るのか、残らないのかの返答をしようとしたつもりだったが……

見方によれば、女の子に誘われて、それを受けた……そう捉えられなくもないだろう。

つまり嫉妬だ。

「あぁ……ごめん、愛理沙」

由弦は素直に謝ることにした。

そんなことで不機嫌にならなくても……と思わないでもないが、しかし反論したところで特に意味はない。

……それに本心を隠そうとしながらも嫉妬心が見え隠れしてしまっている愛理沙が、いじらしく、可愛らしく見えたのもある。

「……別に謝らなくてもいいです。でも、埋め合わせをしてください」

「じゃあ、学園祭の日……デートでもしようか」

由弦の提案に愛理沙は小さく頷いた。

「約束、ですからね？」

「あぁ……約束だ」

それから二人は仲良く帰宅した。

「……ところで、愛理沙。そろそろ解放してくれないかな？」

「ダメです」

「歩きにくいし……その、俺も辛いというか」

「……罰です。我慢してください」

なお、許してくれたわけではなかったようだった。

※

学園祭、当日。

着替えを終えた由弦は喫茶店の会場となった教室へと向かった。

「へぇー、やっぱり普段から着てるだけあって似合ってるな」

感嘆の声を上げたのは聖だった。

由弦が着ているのは実家から取り寄せた男性用の和服だった。

部屋着ではなく、かといって正装というわけでもない。

その中間……言うなれば、ちょっとしたレストランや劇場などに行く際に着るような和服だ。

「そういうお前も似合ってるぞ」

そして由弦だけでなく、聖も和服を着ていた。

彼も借り物ではなく、自分の物を着てきたようだ。

「そうか？」

「ああ。辻斬《つじぎ》りって感じがするな」

「殺すぞ、お前」

由弦と聖がそんな冗談を交わしていると……

「……ごめんなさい、少し遅くなったわ」

「少し手間取ってしまって……」

二人の少女の声が聞こえてきた。

天香と愛理沙だった。

「あまり着ないから……少し手間取っちゃったわ」

天香は照れくさそうに頰《ほお》を搔きながらそう言った。

そういう彼女は紫陽花《あじさい》が描かれた浴衣を着ている。

一方、愛理沙は……

「こういうのは初めてですが……どうですか？」

女袴を着ていた。

大正時代風の女学生スタイルだ。

完全な和装というよりは、洋の趣も取り入れられており、可愛《かわい》らしいリボンやフリルも
あしらわれている。

美しい金髪は赤いリボンで綺麗《きれい》に纏《まと》めていた。

「よく似合ってるよ。とても可愛いと思う」

「そ、そうですか？　それは良かったです」

恥ずかしそうに、しかし嬉《うれ》しそうに愛理沙ははにかんだ。

「みんな、似合ってるじゃないか」

「いやー、愛理沙ちゃんも天香ちゃんも素敵だね」

「指名料、いくらですか？」

宗一郎、亜夜香、千春は四人の和装について満足そうに頷いた。

なお、四人は和装ではなく制服を着ていた。

と言っても、決して学園祭に参加しないというわけではない。

単純にシフトの問題だ。

由弦たち四人と、宗一郎たち三人では働く時間が異なっている。

常に働いていたら学園祭を見て回ることはできないし、そもそもクラス全員で働くほどの仕事もスペースもない。

「じゃあ、私たちは他のクラスを見て回るから。……後で戻ってくるから、サボらないでね？　特にゆづるんとひじりん」

「はいはい」

そんな調子で亜夜香たちは去って行き、由弦たち四人が残される。

「分担、どうしましょうか？」

「二人は接客、もう二人は呼び込みでいいんじゃないかしら？」

愛理沙の問いに天香はそう答えた。

まだ午前中ということもあり、人はそう多くない。

「じゃあ、俺は呼び込みをしようかな」

「何だ、お前は接客じゃないのか？　得意分野だろう？」

「どうせなら、普段と違うことをしたいだろ？」

接客については普段のアルバイトで慣れている。

が、しかし同じことをするのはあまり面白くない。

というよりは、普段の〝仕事感〟がして学園祭を十分に楽しめない気がしたのだ。

「じゃあ、私も由弦さんと一緒に呼び込みします。……由弦さんは見張ってないといけませんからね」

「別にサボるつもりはないが……」

由弦は思わず頬を掻いた。

どうにも信用が薄いらしい。

「なら私たちは接客ね」

「まあ、拘《こだわ》りはないからいいけど。……後で交代しろよ？　そっちもやってみたいから」

こうして役割分担が決まった。

最初はやはり外部から来た人は少なく、どちらかと言えば学校の生徒が多い。

「ところで呼び込みってどうやってやればいいんでしょうか？」

「大きな声で喫茶店やってます！　って言ってればいいんじゃないか？」

「そんなことで入ってくれますか？　……私、声もそこまで大きくないですし」

愛理沙はチラッと隣のクラスへ視線を向けた。

すでに隣のクラスは呼び込みを始めている。

男子二人が大きな声を張り上げていた。

これでは愛理沙の声は掻《か》き消《け》されてしまうかもしれない。

しかし……

「その分、愛理沙は可愛いから大丈夫だ」

大声だけの男と、可愛らしい女の子。

どちらが呼び込みをしているお店に入りたいだろうか？　由弦なら後者だ。

「か、可愛いなんてそんな……」

恥ずかしそうに愛理沙は頬に手を当てた。

「まあ、もしくは直接声を掛けると……あ、丁度良いな」

と、そこで由弦は後輩と思《おぼ》しき女子生徒たち三人が、由弦たちのクラスの看板へチラチラと視線を送っていることに気付いた。

興味がある証拠だ。

「そちらのお嬢様方」

由弦は笑みを浮かべながら三人に近づいた。

三人は少し驚いた様子で顔を見合わせる。

「私たちのことですか？」

「そうそう。……どうかな？　そこでお茶していかないか？」

「えー、でも他のところも見てみたいし……」

「朝ごはんも食べたばかりだし……」

「かき氷とか、ちょっとしたお菓子ならそんなにお腹《なか》は膨れないよ。お茶も種類が揃《そろ》ってて……」

そんな調子で由弦は自分たちの喫茶店の良いところを説明する。

半分くらいは口から出まかせだが。

「うーん、そんなに言うなら……」

「入ります」

「三人です！」

由弦の呼び込みが功を奏し、三人は入店を決めてくれた。

「三名様、ご来店です！」

由弦は大きな声でそう言った。

聖たちに伝えるのと同時に、早速お客が入ったと――つまり人気のお店だと――周囲にアピールするのがその目的だ。

「よし、上手く行ったな。こんな感じで直接声を……愛理沙？」

由弦は思わず首を傾げた。

何故《なぜ》か、愛理沙がムスッとした表情をしていたからだ。

不機嫌そうだ。

お客が入れば愛理沙としても嬉しいだろうし、何より由弦としては仕事ができるところを……つまり〝良いところ〟を見せたつもりだったので、愛理沙のこの反応は少し意外だった。

（さっきまでは機嫌良さそうだったはずだけど……）

「えっと……愛理沙？」

「由弦さんなんて知らないです！」

愛理沙は拗《す》ねた様子でプクッと頰を膨らませ、顔を背ける。

由弦は思わず苦笑した。

そしてそんな愛理沙の頬を軽く突く。

「ちょっと……や、やめてください」

「悪かったよ、愛理沙」

「……何がですか？」

「愛理沙の方がずっと可愛いから」

「……そういうのは反則です」

愛理沙はそう言って由弦を睨んだ。

もっとも、顔は真っ赤に染まっていたが。

※

「そろそろ、私たちも接客の方に回りませんか？」

精力的に客引きをする由弦を、店内に引きずり込んだ愛理沙は……

(むむむ……)

少し不満そうな表情をしていた。

その理由は……

「――と、――ですね？　お客様」

「うん、ありがとうね」

由弦が女性客を接客しているからだ。

……もちろん、別にこの喫茶店は女人禁制というわけでも、何でもない。

女性を相手にすることは当然、あるだろう。

だからそれ自体を愛理沙は問題視していない。

愛理沙が気に入らないのは……

「それにしても高瀬川君……やっぱり上手だね！」

「慣れてるだけだよ」

その女性客――厳密には同じクラスの女子――が妙に由弦に対して馴《な》れ馴《な》れしく、そして由弦がその女子に褒められて満更でもなさそうな顔をしている（ように見える）ことだった。

（同じクラスなのに……わざわざ客として、来る意味があるの？）

他のクラスの出し物でも見てくれればいいのに。

わざわざ由弦が接客をしている時間を見計らい、客としてやってくる。

……愛理沙はそこに明確な意図を感じた。

根拠はない。

女の勘というやつだ。

（由弦さんも由弦さんです。……もっと適当にあしらえばいいのに！）

愛理沙の目には由弦が女の子にちやほやされて……デレデレしているように見えた。

なお、由弦の名誉のために記すが決して由弦はデレデレなどしていない。

ごく普通に……紳士的に接しているだけだ。

（もしかして、あの時、由弦さんにバレンタインチョコを渡した人の正体って……）

と、愛理沙が嫉妬の炎を燻《くす》ぶらせていると……

「やあやあ、ゆづるんに愛理沙ちゃん！　お客様だよ！」

「神様ですからね！　丁重に扱ってください!!」

「ふむ……真面目に仕事をしているようだな。感心、感心」

出かけていたはずの三人――亜夜香、千春、宗一郎――が戻って来た。

どうやら冷やかしにやってきたらしい。

三人はテーブルに座ると、由弦を呼びつけた。

「抹茶のかき氷を三つ……愛情を込めてね？」

「お茶は温かいのがいいです」

「友達として割引にしてくれないか？」

「するわけないだろ、馬鹿が」

由弦は三人に辛辣な言葉を返してから、キッチンへと向かった。

そしてしばらくして、かき氷とお茶の用意が整う。

愛理沙はそれを三人のところまで運んだ。

「どうぞ。かき氷とお茶です」

「ありがとう！　……ところで、どう？　ゆづるんとの協同作業は」

にやにやと笑みを浮かべながら亜夜香はそう言った。

普段の愛理沙なら、恥ずかしがったり、照れたりするだろう。

実際、亜夜香はそういう反応を期待していてそのような言葉を口にした。

しかし……

「お互い、忙しくて話をしている時間は意外と少ない感じですね。……特に由弦さんは」

愛理沙はツンツンとした態度でそう言い……由弦の方を見た。

由弦は他校の女子生徒——近所の女子高と思われる——を相手に接客をしていた。

「まあ、由弦さんは何だかんだでモテますからねぇー」

「バイト先でも人気らしいしな」

千春と宗一郎は苦笑しながらそう言った。

由弦が接客において人を——特に女性を——惹《ひ》き付《つ》けるのは、三人にとってそれほど驚くべきことではなかった。

「大丈夫だよ、愛理沙ちゃん。あんなの、所詮は外向きの顔だから」

ニコニコと笑みを浮かべている由弦に視線を送りながら、亜夜香は愛理沙を励ますように言った。

それに対し、愛理沙は小さく頷く。

「それは分かっています」

機嫌が良くても、由弦はあそこまでニコニコと笑みを浮かべたりはしない。

由弦が浮かべている笑みが、外向き用の、接客用の物であることは重々承知だ。

「でも……何というか、私の前で他の女の子と、嘘《うそ》でも仲良さそうにするのは……」

どうしてもモヤモヤとした気持ちが浮かんでしまう。

仲良さそうにするにしても、もっと自分に対して申し訳なさそうにして欲しいとも思っていた。

「その理屈だと私たちもアウトな気が……」

「あれ？　実はイライラしてたりしました？」

「まさか！　友達は別です。でも……」

愛理沙はチラッと、例のクラスの女子に視線を送った。

彼女は部活の友人や、後輩、先輩と共にまだ席に居座っていた。

そして時折、由弦に馴れ馴れしく話しかけていた。

「あ……なるほど」

「これは何とも言えないですね」

亜夜香と千春は苦笑し、言葉を濁す。

冗談では済まなそうな戦争《恋》の気配を感じたからだ。

「良くも悪くも……余裕が出てきたのかもな、あいつ」

ポツリと宗一郎は呟《つぶや》いた。

「……どういうことでしょうか？」

宗一郎の言葉に愛理沙が反応する。

宗一郎はチラッと由弦の方へ視線を向け、彼が接客中であることを確認してから小声で自分の考えを愛理沙に伝える。

「つまり男としての自信を付けたということだ。多少のことなら愛理沙さんが自分から離れることはない……そう思っているんじゃないか？」

愛理沙さんとの関係を通じて、女の扱いにも慣れたのかもなぁー。

と、宗一郎は付け加えた。

「むむ……それは由々《ゆゆ》しき事態です」

愛理沙は思わず眉を顰《ひそ》めた。

そんな愛理沙に亜夜香は問いかける。

「えっと……愛理沙ちゃんは不安なの？」

「いえ、別に」

　愛理沙は即答した。

「私があんな子に負けるはずないです」

　由弦が「愛理沙が俺から離れることはない」という自信があるように、愛理沙もまた「由弦さんが私から離れることはない」という自信があった。

　由弦に対して「浮気をしているのではないか？」とか、「私よりも好きな女の子ができてしまうんじゃないか」というような不安はない。

　そのあたりについては愛理沙も由弦のことを信頼していたし、そして愛理沙は自分自身の魅力についても信用していた。

　……もちろん、だからといって嫉妬しないかと言えば話は別だ。

「ただ……もっと、こう、由弦さんには私に夢中になって欲しいんです」

　叶《かな》うことなら自分だけを見ていて欲しい。

　と、愛理沙はそう思っていた。

「……私の魅力を再確認させる、いい方法ありませんか？」

　愛理沙は三人にそう尋ねた。

　すると三人は顔を見合わせ……ニヤリと笑みを浮かべた。

「いやぁ……実はあるんだよねぇ、これが」

「愛理沙さんには是非とも、参加して欲しいと思っていたところです」

「愛理沙さんなら不足はないな」

「え、本当ですか⁉　教えてください‼　何でもします！」

愛理沙は身を乗り出し、大きく頷《うなず》いた。

……こうして愛理沙は三人の口車に乗せられてしまったのだった。

※

仕事を開始してから、きっかり一時間。

由弦たちは次に店番をするクラスメイトたちへの引き継ぎを終わらせてから、仕事を終えた。

和装を脱ぎ、制服に着替え終えた由弦は愛理沙に話しかける。

「仕事も終えたことだし……他のクラスを見て回らないか？」

由弦は以前に交わした愛理沙との約束を果たすべく、愛理沙にそんな提案をした。

これに対し愛理沙は笑みを浮かべ……

首を横に振った。

「すみません。実はこれから予定があって……」

ない。


「……予定？」

由弦は思わず首を傾げた。

確かに学園祭ではクラス以外にも、各部活や同好会が何かしらの出し物をしたりする。

だからクラスでの仕事の他に、部活動での仕事がある……というのはおかしなことではない。


しかし由弦が知る限り、愛理沙は部活動や同好会には所属していない。

特に用事はないはずだ。

「まあ、何と言うか……応援みたいな感じですね」

「はぁ、なるほど」

人が足りてないから応援として来てくれ。

急病で休んでしまった人の代わりに少し仕事をして欲しい。

というような頼みを受けたのだろうと、由弦は勝手に納得した。

「ですから……午後からにしませんか？」

「うん、分かった。いいよ」

デートの約束はしたが、いつ何をするかまでは決めていない。

午後からでも時間は十分にあるし、由弦としては特に問題はなかった。

「ちなみに……何をするんだ？」

愛理沙が何かをするというのなら、それを見に行こう。

そんな気持ちで由弦は尋ねたが……

「秘密です」

愛理沙は人差し指を唇に当てて、そう言った。

「そう言わず……教えてくれよ」

「ダメです。でも……そうですね。十一時頃、体育館に来てください。分かるはずです」

体育館では主に演劇や吹奏楽部の演奏などが行われている。

つまり愛理沙の仕事も、それに関係することということになる。

「十一時に体育館？」（でも、十一時は昼休憩……予定表には何も書いてなかったけど……）

由弦は内心で首を傾《かし》げる。

とはいえ、この疑問は十一時にその場に行けば分かることだ。

「分かった。楽しみにしている」

「……絶対に来てくださいね？」

そんなやり取りの後、二人は別れた。


さて、それからしばらく時が経過して……

由弦は約束通り、十一時に間に合うように体育館に向かった。

今は丁度、吹奏楽部の演奏が終わったところだった。

「ようやく来たな、由弦」

と、宗一郎が出迎えてくれた。

「ようやくって……もしかして愛理沙が何をするのか、知っているのか?」

「まあな」

ニヤリと宗一郎は笑みを浮かべる。

由弦は思わず眉を顰めた。

婚約者である自分は知らないのに、宗一郎は知っている。

自分には隠したのに、宗一郎には話した。

……由弦は少しだけ愛理沙に対し、モヤッとした気持ちを抱いた。

「まあまあ、そんな顔をするな。……最前列を取ってある。こっちに来い」

「……分かった」

宗一郎に言われるまま、由弦は体育館のステージの方へと歩いていく。

ステージの最前列。

そこにはすでに聖と天香の二人が座っていた。

「……もしかして聖、お前も知っているのか?」

「いや、俺も知らん。……宗一郎に面白い物が見られると言われて来ただけだ」

由弦の問いに聖は首を左右に振った。

由弦は少しだけ安心する。

それから由弦は天香の方を見た。

「私は知ってたわ。亜夜香さんたちに誘われたからね。まあ、断ったけど」

どうやらこれから行われるのは、亜夜香たちが企画したことらしい。

たち、ということは宗一郎、亜夜香、千春の三人が主導したのだろうと由弦は予想する。

「……教えてくれないか？」

「愛理沙さんに秘密にしてと、言われてるから」

そろそろ始まるし。もう少し待ちなさい。

そう言われた由弦は空いていた席に腰を下ろし、ステージを見上げる。

しばらくすると……

「皆さーん、帰らないで!!」

「はい、ちゅうもーく!!」

大音量の声がステージの上から響き渡った。

現れたのはチャイナドレスに身を包んだ、二人の美少女だった。

亜夜香と千春だ。

ステージの背景に二人の笑顔が映し出される。

そして二人は……

「本来なら昼休憩の時間ですが……」

「これから！　ゲリラライブならぬ、ゲリラミスコンを開始しまーす!!」

大きな声で宣言した。


「一人ずつ、ステージの上で名乗ってもらいます！」

「短い時間で自己アピールしてくださいね！」

ステージの上でルール説明を始める二人。

由弦はそれを聞き流しながら、宗一郎に尋ねる。

「ミスコンって……許可が下りたのか？」

ミスコンをやりたい！

と、亜夜香と千春の二人が教師に直談判《じかだんぱん》をしていたことを由弦は知っていた。

しかし由弦の記憶が正しければ、許可は下りなかった。

風紀的に良くない。

と、そういう（もっともな）理由からだ。

良くも悪くも容姿で優劣を付けるようなことをするのは、教育上よろしくないという判断である。

もしかして許可が下りたのか？　という由弦の問いに対し、宗一郎は……

「下りてたらゲリラでやらんだろ」

あっさりと否定した。

「……おいおい、いいのか？」

「あれは亜夜香と千春の二人が、勝手にやってるだけだからな。休憩時間中、ステージの上で騒いでいるに過ぎない。だから問題ない」

むしろ問題しかないのでは？

と由弦は思ったが、しかしミスコンは亜夜香たち二人の進行によって勝手に進む。

「では……先生が来る前に終わらせちゃうから！」

「エントリーナンバー、一番!!　三年三組の……」

一人ずつ、チャイナドレスに身を包んだ女子生徒たちが奥から現れる。

そのたびに歓声が上がる。

さすがミスコンに出るだけあって、みんな可愛《かわい》らしい容姿の女の子ばかり。

滅多《めった》にお目に掛かれないチャイナドレスというセクシーな服装も相まって、大盛況だ。

しかし由弦は、体育館の熱狂とは裏腹に、苦笑を浮かべる。

「司会が一番目立ってるのって、どうなんだ？」

チャイナドレスは体のラインがくっきりと現れ、その上足の長さが強調される。

つまりスレンダーでスタイルが良く、足が長い女の子ほど良く似合う。

……お世辞にも日本人向けとは言えない。

誰も彼も〝着られている〟という印象を受けてしまう。

結果的に着こなせているのは、日本人離れした容姿とプロポーションを持つ、司会進行役の亜夜香と千春だけとなっていた。

「俺もあいつらが出ればと思ったんだがなぁ……自分たちの提案で自分たちが出て、自分たちが優勝したら、感じ悪いでしょ？　って」

「ナルシストな奴《やつ》らだな……いや、まあ、否定はできないが」

実際、この中で誰に投票する？　と言われたら由弦は亜夜香と千春のどちらかを選ぶ。

それくらい二人が圧倒的なのだ。

「というか、そこまで自覚しているなら、目立たない恰好《かっこう》をしろと思うのだが」

「それは俺も思ったが……どうしても着たかったらしい。……本当は多分、出場したいんだろ」

由弦と宗一郎がそんな話をしていると……

聖と天香が揃《そろ》って声を上げた。

「あ！　あの子……うちのクラスの子だな。こんなのに出るなんて……意外だな」

「別に意外でも何でもないわよ。あの子、ああ見えて目立ちたがり屋だもの」

由弦は再びステージの上に視線を向ける。

確かに由弦たちと同じクラスの女子生徒が、そこに立っていた。

ここ最近、頻《しき》りに由弦に話しかけてきていた女の子だ。

清楚《せいそ》なイメージを勝手に抱いていたので、このような催しに参加するのは由弦にとって意外だった。

そうこうしているうちに気付けば十九人の紹介が終わった。

そして最後に出てきたのは……

「では……エントリーナンバー20！」

「どうぞ!!」

亜麻色の髪に、圧倒的な美貌を持つ女の子だった。

その抜群のプロポーションはチャイナドレスによってくっきりと現れ、そしてその白く長い足はスリットとハイヒールによって強調されている。

彼女は自信あり気な表情でステージに上がり……

「二十番、雪城《ゆきしろ》愛理沙です。投票、よろしくお願いします」

それだけ言えば十分だろう。

とでも言うように、短くそう名乗った。

体育館が歓声に包まれた。

※

「投票箱は学校に五か所、設置しまーす！」

「ネットでも受け付けてます！」

「終了時間は午後の四時までで－す！」

「結果はＷＥＢで発表しまーす！」

「「みんな、投票してね!!　かいさーん!!」」

亜夜香と千春のそんな言葉により、ゲリラミスコンは締めくくられた。

四時まで投票を受け付けているとのことだが……

しかし結果は目に見えている。

「……由弦さん！」

「愛理沙……」

間違いなく優勝するであろう、チャイナドレスを身に纏《まと》った美少女が由弦の方へと駆けてきた。

愛理沙は少し恥ずかしそうにしながらも、笑みを浮かべた。

「びっくりしましたか？」

「……ああ、驚いた。君が……こんなことに参加するとはね」

由弦は大きく頷《うなず》いた。

ミスコンが始まった時点で「もしかして……」とは思っていたが、実際に目の当たりにするまで由弦は確信が持てなかった。

恥ずかしがり屋の愛理沙がこのような舞台に立つとは思っていなかったのだ。

「ええ、まあ……その、正直、恥ずかしかったですけど……」

愛理沙はそう言いながらチャイナドレスの裾をギュッと握りしめた。

そして赤らんだ顔で由弦を見上げた。

「どう、ですか……？　似合ってますか？」

愛理沙のそんな問いに対し、由弦は……

「惚《ほ》れ直した」

短くそう答えた。

※

「……さっきのやつでも良かったと思うんだけどな」

この恰好ではデートはできない、と愛理沙はチャイナドレスを脱ぎ、和装――大正時代女学生風の袴姿――に着替えてしまった。

和装も可愛らしかったが、しかしチャイナドレスもよく似合っていた。

由弦としてももう少し見てみたいという気持ちが強かった。

「あんな恰好で出歩けるわけないでしょう」

一方、愛理沙は呆《あき》れ顔《がお》で、そして少し赤らんだ顔でそう言った。

どうやら恥ずかしかったらしい。

「それに和装の由弦さんの横で、チャイナドレスは……悪目立ちします」

由弦も同様に和装に着替えていた。

わざわざ着替えたのは自分たちのクラスの出し物の宣伝をするため……というのは建前で、本音としては普段と違うデートをしたかったからだ。

実は由弦のクラスは食べ物以外に、和装の貸し出しもしている。

「まあ……そんなに見たいなら、後で写真を送ってあげますよ」

全く、仕方がない人ですね……

と愛理沙は言った。

「それはありがたいけど……でも、できれば生でもう一度……」

試しに由弦はごねてみた。

半分は冗談で、半分は本音だった。

由弦の言葉に愛理沙は僅かに眉を上げる。

「……そんなに見たい、ですか?」

「見たい」

「……まあ、気が向いたら。二人きりの時に」

意外なことにすんなりとオーケーが出た。

由弦は内心でガッツポーズをした。

「さて……とりあえず、どこに行こうか?」

「そうですねぇ。……丁度、お昼ですし。何か、食べませんか?」

時刻は十二時を少し過ぎた程度。

食事をするには非常に丁度良い時間帯だった。

「それもそうだね。じゃあ、飲食物を出している出店を探そうか」

由弦と愛理沙はパンフレットを片手に学校を歩き回る。

そしてまず最初に二人が目を付けたのは、タコ焼きだった。

タコ焼きはタコ焼きでも、普通のタコ焼きではなく、油で揚げられた、いわゆる揚げタコ焼きだ。

「これは美味《おい》しいな」

一つ口にして、由弦は呟《つぶや》いた。

外はカリッとしていて、中はとろっとしている。

ソースとマヨネーズが非常によくあっている。

「冷凍の物を油で揚げてるだけですけどね」

「それを言っちゃダメだ」

所詮、高校生のお祭りごっこだ。

味はどうしても数段落ちる。

「でも、揚げ物というのは良い選択だと思います。不味《まず》く作る方が難しいですからね」

「そういう物か？」

「はい。揚げ物は油の処理が面倒なだけで……料理そのものは難しくありませんから。揚げたてなら大抵の物は美味しく食べられますし」

逆に油の処理が面倒だから、家庭では気軽に揚げ物をするのは難しい。

だから需要があるのだと、愛理沙は語った。

「確かにタコ焼きは家でも作ったりはするが……揚げタコ焼きはそう作らないなぁ」

「……タコ焼き、家で作る物ですか？」

愛理沙は首を傾げた。

どうやら彼女には「タコ焼きは祭りで食べる物」というイメージがあるようだった。

「いや、別にそこまで頻繁に作るわけでもないが……でも、タコ焼きパーティーとかは、したりするだろう？」

「何ですか？　タコ焼きパーティーって……タコ焼きでパーティー？」

由弦の言葉に愛理沙は困惑の表情を浮かべる。

愛理沙の中で増々疑問が深まってしまったらしい。

タコ焼きとパーティーという単語が結びつかないのだろう。

「みんなでタコ焼きを作って食べるんだよ」

「へぇ……しかし、なぜ敢《あ》えてタコ焼きですか？」

「それは……ホットプレートを囲んでワイワイできるから？　まあ、あれだ。焼肉みたいなノリじゃないか？」

「へぇ……」

それなら焼肉で良いんじゃないですか？

と、愛理沙はそんな顔をしている。

敢えてタコ焼きであることの利点は何か。

由弦は少し考えてから答えた。

「ほら……中にいろいろ入れてアレンジできるし、ロシアンルーレットとかもできるだろう」

「なるほど。それは楽しそうですね」

愛理沙は納得した様子で頷いた。

「まあ……今度、機会があったらやろうか。タコ焼き器、家にあるからさ」

由弦の言葉に愛理沙は苦笑しながら尋ねた。

「……ちなみにそれ、買ってから何回使ったんですか？」

「……三回くらい？」

由弦は目を逸《そ》らしながら答えた。

買った時はもっと使うと思っていたのだ。

「前々から思うのですが、そういうのは……」

「愛理沙、あーん！」

苦言を口にしようとする愛理沙の口元へ、由弦はタコ焼きを運んだ。

パクッと、愛理沙はタコ焼きを口に入れる。

そして咀嚼《そしゃく》して飲み込んだ。

「話は終わっていませんが……」

「まあまあ。……まだ食べる？」

「……食べます」

由弦は再びタコ焼きを愛理沙の口に運ぶ。

愛理沙は口を開け、それをパクパクと食べていく。

何となく、由弦は雛鳥《ひなどり》に餌を与えているような気分になった。

「ほら、もう一つ……」

「ちょっと、由弦さん！」

調子に乗ってさらにタコ焼きを食べさせようとした由弦だが、ここで怒られてしまった。

「そんなに食べさせられたら、お腹《なか》いっぱいになってしまいます」

「あー、ごめん……」

さすがにふざけすぎたか？　由弦は愛理沙の顔色を窺《うかが》う。

愛理沙の顔は真っ赤だった。

「……次は私の番です」

愛理沙はそう言いながらタコ焼きを箸で摑み、由弦の口元へと持っていった。

由弦はそれを口で受け止め、咀嚼する。

「どうですか？」

「……うん、美味しい」

「そうですか。じゃあ、もう一つ」

二人はタコ焼きを食べさせ合った。

タコ焼きを食べ終えた二人はそれで終えることなく、焼きそば、焼き鳥、フランクフル

ト、ジャガバター等々……

順調に定番メニューを食べて回った。

「次は何にしますか？」

「……そう、だね。俺としてはもう十分、食べたかなという感じだけど」

機嫌良さそうな愛理沙の問いに対し、由弦は少しだけ表情を引《ひ》き攣《つ》らせながら答えた。

実のところ、由弦のお腹はすでに限界に近かった。

というのも、食べ物の全体量の三分の二を由弦が食べていたからだ。

基本的に二人で一人前を購入して、それをシェアするという食べ方をしているのだが、愛理沙はそこまで食べない。

必然的に由弦がたくさん食べることになっていた。

どうやら愛理沙は「男性である由弦さんなら、これくらいは全然食べられるだろう」と思っている節があるようだ。

愛理沙の前で弱音を吐きたくなかった由弦は、促されるままに食べたのだ。

「確かに……それもそうですね」

幸いにも愛理沙の方も、十分満足していたらしい。

お腹を少し擦ってから頷いた。

しかし……

「じゃあ、デザートにしましょう」

「……デザート？」

「デザートは別腹じゃないですか」

どうやら愛理沙は胃袋を二つ持っているらしい。

由弦は少しだけ自分の胃袋と相談する。

（……あと少しなら、入るか？）

「分かった。えっと……何にしようか？」

「少し暑いですし、かき氷とかどうですか？」

「……いいよ、それにしよう」

かき氷は溶けてしまえば水と同じ。

お腹には比較的溜《た》まりにくいので、由弦としては丁度良かった。

「どこで買いますか？　かき氷のお店はいくつかあるみたいですが……」

「せっかくなら、うちのクラスに行かないか？」

由弦のクラスでもかき氷を提供している。

砕いただけの氷に抹茶風味のシロップをかけただけで、「和風」と言い張っているのだ。

「そうですね。そろそろ亜夜香さんたちのシフト時間ですし」

「冷やかしに行ってやろう」

二人は自分たちのクラスへと向かった。

そして入り口近くではすでに……

「どうかな？　お嬢さん」

「えー、でも……」

「他にもいろいろ見て回りたいし……」

「今なら和服の貸し出しもやってるよ。浴衣とか、袴とか、あと巫女服《みこふく》もある。写真を撮るサービスもやっていて……」

宗一郎が他校の女子高生を口説いて……

否《いや》、呼び込みをしていた。

「あいつ……何やってるんだか」

「……由弦さんが言えることですか？」

愛理沙は由弦をジト目で睨んだ。

由弦は心外だと、抗議の声を上げる。

「いや、俺は真面目に仕事をしていただろ」

「えー、そうですか？　五十歩百歩だった気がしますが……」

二人はそんなやり取りをしながら——宗一郎はそのまま無視して——教室へと入った。

すると黒髪に赤い着物を来た少女が、笑顔で二人を出迎えた。

橘亜夜香だ。

由弦ほどではないが、普段から着る機会も多いのだろう。

見事に着こなしている。

「いらっしゃいませ!!　……何だ、ゆづるんと愛理沙ちゃんか」

「何だとは何だ。……ちゃんと接客しろ」

「はいはい。カップル二名入りまーす!!」

「お、大きな声でやめてください……」

そんなやり取りをしながら二人は席に着いた。

そして注文票を眺める。

「かき氷もシェアでいいですよね？」

「まあ……そうだね」

「あんこと白玉、練乳もつけていいですか？」

「いいよ」

トッピングを付ければ付けるほど豪華になり、そして価格も上がるシステムになっている。

さて、二人が亜夜香に注文を伝えてからしばらくして……

「はーい、カップル二名様にかき氷でーす!!」

茶髪に巫女服の少女が現れた。

千春だ。

巫女服は実家から持ってきたようだ。

一応、神社の跡取り娘なだけあり、様になっている。

「だ、だから……カップル、カップルと大きな声でやめてください……」

恥ずかしそうに愛理沙は言うが、しかし千春は肩を竦《すく》めた。

「その辺りは今更だと思いますが……」

「い、今更って……」

「だって、これからそれ、二人で食べるんですよね？」

二人分なのに、一つしか注文しない。

その時点で一つのものを二人でシェアするつもりなのは明白だ。

「い、いや……そうですが、でも、別に友達同士でもそれくらい、あり得ませんか？」

「男女ではやらないかと」

「それは……そうかもしれないですが……」

愛理沙は助けを求めるように由弦の方を見た。

由弦は小さく肩を竦める。

「まあ、いいじゃないか。事実だろう？」

「そ、それは……」

恥ずかしそうに縮こまる愛理沙。

そんな愛理沙の耳元で千春が囁《ささや》く。

「（いいじゃないですか。……見せつければ悪い虫も寄らなくなりますよ）」

「（……！　そ、そうですね!!）」

愛理沙は大きく頷《うなず》いた。

そして少し赤い顔のまま、由弦に笑顔を向けた。

「食べましょう！　溶けてしまいます」

「あ、あぁ……？」

急に開き直り始めた愛理沙に由弦は内心で首を傾げた。


「由弦さん、あーん、しませんか？」

「え、こ、ここで……？」

かき氷をスプーンで掬《すく》い、由弦の口元へと持っていこうとする愛理沙。

一方で由弦はそれを両手で制した。

「い、いや、ここはさすがに……」

さすがの由弦もクラスの中で、見知った人がいる中でそんな真似《まね》はできなかった。

恥ずかしい上に気まずい。

それは愛理沙も同じはずで、彼女の顔も赤かった。

にもかかわらず、愛理沙は強引にでも由弦に食べさせようとする。

「まあまあ、そう遠慮なさらず……」

これは食べるしかないのか？

……由弦が覚悟を決めようとした、その時のことだった。

「いやはや、お熱いですね。……お姉様」

やや呆《あき》れた声が聞こえた。

愛理沙の動きが固まる。

声の方へと由弦が向くと、そこには三人の少年少女たちが立っていた。

そのうちの一人は黒髪に翠色《みどりいろ》の瞳の少女。

天城芽衣《あまぎめい》。

愛理沙の義妹で、また従妹《いとこ》だった。

「め、芽衣ちゃん!?」

「仲良しなようで、安心しました。背中を押した甲斐《かい》があるというものです」

腕を組み、偉そうに芽衣は何度も頷いた。

「いやぁ、高瀬川家の将来は安泰だね。少なくとも、兄さんの代で断絶することはなさそうだね。安心、安心」

ニヤニヤと笑みを浮かべるのは、黒髪に碧《あお》い瞳の少女。

高瀬川彩弓《あゆみ》。

由弦の妹だ。

「そうだな。安心して嫁に行くといい」

顔を真っ赤にして固まる愛理沙を尻目に、由弦は笑みを浮かべてそう言った。

それから芽衣と彩弓の隣に立っている、少年へと視線を向ける。

「久しぶりだね、雄二《ゆうじ》君」

「はい、お久しぶりです、お兄さん！」

端整な顔立ちの少年は、笑みを浮かべながら由弦にそう挨拶をした。

そこで先ほどまでフリーズしていた愛理沙が、首を傾《かし》げる。

「え……？　由弦さんの弟さん……ですか？」

弟なんていたんですか？

という表情の愛理沙。

由弦と雄二の二人は顔を見合わせてから、笑みを浮かべる。

「はい、そうなんです」

「実は隠し子なんだ」

「……え？」

再び愛理沙の表情が固まる。

隠し子。

つまり由弦の父親が、妻以外の女性と子供を作っていたという話になる。

「そ、それは、また……」

「すまない、嘘《うそ》だ」

「なっ……！」

本当に信じてしまいそうな愛理沙に対し、由弦はネタばらしをした。

騙《だま》されかけた愛理沙は目を見開き、それから安心した様子で胸を撫《な》で下《お》ろした。

「前々から言っているが、俺は君の兄になったつもりはない。……君の兄は、そこで女を口説いてるだろ」

由弦はそう言いながら、クラスの外……廊下を指さした。

そこでは宗一郎が女子大生と思《おぼ》しき女の子と、話し込んでいた。

「ああ、なるほど。宗一郎さんの弟さんなんですね？」

「……ええ、遺憾ながら。不肖の兄です」

佐竹雄二。

宗一郎の弟であり、佐竹家の次男だ。

現在、中学三年生。

彼は少し呆《あき》れ顔《がお》で宗一郎の方を見てから……

由弦の方に向き直り、胸を張った。

「ご安心ください、お兄さん。僕は二股、三股をかけるような真似は決してしません！」

「人として当たり前のことを誇られてもな……」

そもそも女の子二人と来た時点で、少し説得力に欠けるのでは？

と由弦は内心で首を傾げた。

「あと、俺は君の兄ではない」

「はい。しかし実の兄のようにお慕いしています！」

「あー、はいはい。……せめて然《しか》るべき立場になってから、そう呼んでくれ」

由弦は雄二に対し、冷たくそう答えた。

一方、雄二はニコニコと笑みを浮かべながら頷く。

「あれ……？　彩弓ちゃんに雄二君？」

「もしかして、そちらの可愛い子は愛理沙さんの妹さんですか!?」

と、そこで亜夜香と千春の二人が駆け寄ってきた。

芽衣は二人に対して頭を下げた。

「はい。天城家後継者、天城芽衣です！　以後お見知りおきを!!」

ニコニコと笑みを浮かべながら芽衣はそう言った。

亜夜香と千春はそんな芽衣に「かわいい、かわいい」と大はしゃぎだ。

「……せっかくですし、和服をレンタルしたらどうですか？」

愛理沙は三人にそう提案した。

由弦たちのクラスでは、和服のレンタルも行っている。

和服を着ながら学園祭を見て回ったり、記念撮影ができたりするのだ。

一応、目玉の一つとなっている。

三人は頷くと、亜夜香たちの案内で更衣スペースへと消えていった。

そして愛理沙が少し声を潜めながら尋ねる。

「……それで彼はどうして、由弦さんのことをお兄さんと呼ぶんですか？」

「……彩弓のことを狙っているからだ」

由弦は肩を竦めながらそう答えた。

これには愛理沙は目を大きく見開いた。

「えっと……それはもしかして、婚約者……ということですか？」

「厳密には候補かな？　確定じゃない」

彼は彩弓の婚約者〝候補〟の一人である。

そしてまた佐竹家の後継者〝候補〟の一人でもあった。

〝将を射んと欲すればまず馬を射よ〟という言葉の通り、由弦からの支持を得ようとしているのだ。

「な、なるほど……中学生三年生で……ああ、でも、私たちも似たような物ですか」

そうは言いながらも愛理沙はいまいち、納得がいかない様子だった。

確かに中学三年生で婚約云々《うんぬん》の話は早すぎると感じても無理はない。

「あくまで、候補だからね。……確定じゃない。本人は確定にしたいみたいだが」

「……思うのですが、アピールする相手は彩弓ちゃんじゃないですか？」

結婚したいという気持ちがあるなら、父親や兄ではなく、本人に言うべきだ。

と、愛理沙は眉をひそめながら言った。

全くもって正論だ。正論だが……

「まあ、それはそうだが、根回しをした方が上手くいくこともあるしな」

「それはそうかもしれませんが……」

「それに相手の家の当主や後継者に嫌われていたら、結婚が難しくなる可能性もある」

もっとも、由弦は彩弓の好きにすれば良いと思っているし……

由弦の父親も娘の意思を最大限尊重するはずなので、よっぽどのことがない限りは〝駆け落ち〟するようなことにはならないのだが。

「……彩弓ちゃんはどう思っているんですか？」

「満更でもなさそうだぞ」

そうでなければ、彼と共に学園祭に来ないだろう。

「そうですか。それは……良かったです」

愛理沙は安心した様子で頷いた。

意に反して婚約の話を進められたことがある愛理沙としては、思うところがあるのだろう。

（まあ、でも……あいつ、〝候補〟全員に粉を掛けてる疑惑があるけどな……）

以前、由弦が「誰が一番いいんだ？」と尋ねたところ、彩弓は「えー、選べなーい」などと答えていた。

どうやら散々に競わせて、一番生きの良い男を捕まえようという算段らしい。

由弦の父親も、そんな彩弓の方針を知ってか知らずか、止めはしない。

……娘には甘いらしい。

と、由弦と愛理沙がそんな話をしているうちに着替えも終わったようだ。

和装に身を包んだ美少女たちが姿を現した。

「どうどう、兄さん。似合ってる？」

「……あまりこういうのは着ませんが、どうでしょうか？」

彩弓と芽衣は由弦たちに向かってそう尋ねた。

彩弓は巫女服《みこふく》を、芽衣は愛理沙と似たような袴衣装を着ている。

「似合っているんじゃないか？」

「二人とも、とても可愛《かわい》らしいですよ」

由弦と愛理沙はそれぞれ感想を口にした。

彩弓の和装自体、由弦は見慣れているが……しかし巫女服は初めて見る。

千春が持ってきた物のうちの一つだと思われるが、よく似合っていた。

普段は生意気で子供っぽい妹だが、巫女服を着るとちゃんと〝それっぽく〟見えるのは不思議だ。

愛理沙の義妹、芽衣の方だがこちらもよく似合っていた。

もっともどちらかと言えば綺麗《きれい》というよりは、可愛らしいイメージでまとまっている。

大人びているイメージがあったが、こうしてみると年相応の女の子であることがよく分かった。

「二人とも、よく似合ってるね。見違えたよ」

気が付くと和装に着替え終えていた雄二も、二人をそう褒めた。

……やはり宗一郎に顔と言動がよく似ている。

「芽衣ちゃん、次はどうする？」

彩弓は芽衣にそう尋ねた。

芽衣は少し考えてから答える。

「あー、そうですね。私、できれば良善寺《りょうぜんじ》さんや凪梨《なぎり》さんにも挨拶をしようかと思っていて……」

「そうなんだ。じゃあ、私も一緒に……」

「ああ、いえ、大丈夫です。少し一人で回ろうかと思ってます。……お二人で楽しんでください」

芽衣はそう答えると、ニコニコと笑みを浮かべてその場から早歩きで立ち去った。

彩弓もそれを無理に引き留める様子はない。

「……じゃあ、僕たちは僕たちで回ろうか。お化け屋敷とか、どう？」

「いいんじゃない？」

そんなやり取りの後、雄二はそっと彩弓の手を握ろうとし……

「じゃあね、兄さん！」

しかし彩弓はそれに気付かない様子で、由弦たちにそう挨拶すると一人でどんどん進んでしまう。

慌てた様子で雄二はそれを追いかける。

「仲が良さそうですね」

愛理沙は嬉《うれ》しそうに笑った。

「やっぱり、好きでもない人とお見合いで結婚するよりも……ちゃんと恋愛をして、好きな人と結婚するべきですよね」

「それはまあ、そうだが……」

由弦は思わず苦笑する。

「でも、俺たちはお見合いじゃないか」

「え？　あ、あぁ……それは確かに、そうでしたね」

愛理沙にとって、由弦との婚約はあくまで〝恋愛〟による物という認識のようだった。

切っ掛けはお見合いだが、その後は恋愛……というのが由弦と愛理沙の関係だ。

だからお見合い結婚とも言えるし、恋愛結婚とも言える。

「何にせよ、幸せなのが一番だ。……俺たちの子供も、そうなって欲しいな」

お見合いで結婚するのか、それとも恋愛で結婚するのか、それとも由弦と愛理沙のような過程を踏むのかは分からない。

しかし自分たちと同様に幸福な出会いであってと、由弦は呟くように言った。

「こ、子供って……き、気が早いですよ……」

一方、由弦の言葉に愛理沙は顔を赤らめ俯《うつむ》いた。

愛理沙の反応に由弦も思わず頰《ほお》を掻く。

自然と〝子供を作る行為〟を意識してしまい、気まずい気持ちになった。

「……あの、由弦さん」

「……どうした？」

しばらくの沈黙の後、愛理沙が口を開いた。

由弦さんもそういうことをしたいんですか？

そんな問いが来るのだろうかと由弦は身構えたが、しかし……

「……私と芽衣ちゃん、どっちの方が可愛かったですか？」

「それはもちろん、君だよ」

由弦の言葉に愛理沙は満足そうに頷《うなず》いた。

四歳も年が離れている相手に嫉妬するのはどうかと思った由弦であったが……

しかしそれはそれとして可愛らしいので良しとした。

※

ある日のこと。

「今日は付き合ってくれてありがとう」

「いえいえ。私はどうということはありませんが……」

由弦と千春はとあるショッピングモールで待ち合わせをしていた。

二人ともそれなりにお洒落《しゃれ》をしているので、一見すると恋人同士のデートに見えるかもしれない。

「良いんですか？　浮気して」

揶揄《からか》うように千春は由弦にそう言った。もちろん、これは冗談だ。

自分と出かけて愛理沙は怒らないのか、と聞いているのだ。

「愛理沙には千春と出かけてくると言ってある」

「意外ですね。それで納得してくれたんですか？」

「愛理沙は別に誰彼構わず嫉妬しているわけじゃないぞ」

愛理沙は確かに嫉妬深いところがあるが、それは由弦を疑っているからではない。

どちらかと言えば、他の女の子に構うよりも自分を構って欲しいというような可愛らしい内容だ。

なので、由弦が千春と出かけたくらいで疑ったりはしない。

そもそも由弦と千春は幼馴染《おさななじ》み同士であり、友人でもあるのだから。

「そうですか。……まあ、目的が目的ですしね」

今回、由弦が千春と待ち合わせた理由は他でもない。

愛理沙の誕生日プレゼントを買うためだ。

由弦は乙女心が分からないので、千春に意見を聞こうという趣旨である。

「では、早速行こうか」

「そうですね」

由弦と千春は揃《そろ》って歩き始めた。

あらかじめ、アクセサリーや化粧品などの店舗については下調べは終えている。

あとは実際に商品を見て回るだけ……

「あ、由弦さん！　あのランジェリーショップなんてどうですか!?　愛理沙さんに似合う下着を一緒に選びません？」

「選ぶか！」

千春の暴走によって、予定通りには終わらなかった。


さて、多少のトラブルはありつつも買い物を終えた二人はファーストフード店で昼食を取っていた。

「結局、無難な物を買いましたねぇ」

千春は少し不満そうにストローを咥《くわ》え、ズズッと音を立てながらジュースを飲んだ。

由弦が愛理沙向けの下着を購入しなかったことが、不満な様子だ。

「君と下着を買いに行ったところを、誰かに見られてみろ。……洒落《しゃれ》にならんぞ」

「愛理沙さんの下着を買いに行ったと、正直に言えば誤解は解けそうですが」

「そんな言い分通るわけ……通りそうだな」

由弦は思わず苦笑してしまった。

もっとも、愛理沙なら納得しつつも、それはそれで「そんな物を買いに行かないでください！」と怒りそうだ。

「いや、しかしですね。下着のプレゼントというのは割とありな気がしますが……」

「……ありなのか？　気持ち悪いだろ」

「好きな人が相手なら別ですよ。……何だかんだで愛理沙さん、着てくれると思いますよ？」

「そうか、なるほど……」

とはいえ、まだ愛理沙にランジェリーを着てみてくれと頼めるほど二人の関係は進んでいない。

それは少なくともあと一年は先の話だろう。

「では、来年くらいは愛理沙と一緒に買いに行くことにするよ」

「その時は私も呼んでください」

「呼ぶわけないだろ」

なぜ婚約者同士水入らずの中に別の女を呼ばなければならないのか。

由弦は思わず眉を顰める。

「私と由弦さんの仲ではありませんか」

「少なくとも婚約者とのデートに連れてくるような仲ではあるまい」

「今はそうかもしれません。……しかし私としては、高瀬川さんとはできればより深い関係を結びたいと思っていますよ？」

「……ふむ」

由弦はフライドポテトを口にする。

「俺としては、君との関係はこれからも変わらずに続けていくつもりだが？」

「私と由弦さんが変わらないのは結構なことです。しかし上西と高瀬川が変わらないことは問題ではありませんか？」

高瀬川家と上西家は歴史的に不仲だ。

特に二人の祖父母の世代は非常に険悪な関係にある。

「時が来れば自然と改善されると思うが」

とはいえ、二人の祖父母はいずれこの世を去る。

由弦と千春が当主になる頃には自然と雪解けを迎えているはずだ。

「私はその先の話を……私たちの、次の話をしています」

「……気が早いことだ」

由弦は思わず呆《あき》れ顔《がお》をした。

要するに千春は由弦と千春の子供世代、その政略結婚の話をしているのだ。

「由弦さんのお子さんはきっと人気だと思いますから。今のうちに予約を入れておこうかなと……もう先約が？」

「まさか。そんなことを言い出すのは君くらいだ」

まだ生まれていない、そもそも結婚すらしていない状況でそんな提案をしてくる人間はそう滅多《めった》にいない。

それなりに気が早い部類である由弦の祖父ですら、考えていないだろう。

「言っておくが、約束はできないぞ」

「分かっていますよ。そもそも生まれるかどうかも分かりませんからね」

「それもあるが……子供の意志が最優先だからな」

「おっしゃる通りです。強引な縁談など、ろくなことになりません。それは私の伯母が証明しています」

千春の伯母――母親の姉――が駆け落ちをしたのは、背景に強引な縁談があったと由弦は聞いていた。

人間の自由意志を家の都合で縛ることは、このご時世不可能だ。

そしてそもそも由弦も千春もそのようなことをするつもりはない。

家を中心にした考え方を持ちつつも、それでも個人の自由意志は同等以上に重要だと考えているからだ。

「しかし、もし私たちの子供の仲が良ければ……それは喜ばしいことだと思いませんか？」

「……それは否定しない」

由弦は政略結婚に対して必ずしも否定的ではない。

強引な婚姻、当人が納得していない婚姻は良くないと考えているが……しかし当人たちが納得しているならばそれはアリだと思っている。

由弦と愛理沙も政略結婚だ。

お見合いがなければ、政略結婚の話がなければ、そもそも二人は今のような関係になれていないだろう。

そもそも、由弦の両親も、祖父母も政略結婚で結ばれている。

政略結婚そのものは悪ではない。

良い政略結婚と、悪い政略結婚がある……と少なくとも由弦はそう考えている。

そして自分と愛理沙は前者であり、そして自分の子供にも前者を経験して欲しいとも思っている。

「いやぁ、由弦さんが肯定的で良かったです。……愛理沙さんにも同じような話をしたのですが、冗談だと捉えられてしまいまして」

「それはまあ、先の話だし、当然だろう」

そもそも由弦も自分に子供がいずれできる、作ることになる……父親になるということにあまり実感が持てていない。

精々、愛理沙と結婚して夫婦になるのだろうという未来までしか、具体的に実感を持って思い描けない。

それは愛理沙も同じはずだ。

「……言っておくが、約束はしないからな？」

「分かっていますよ。むしろ私からも約束はしたくありません。将来、どうなるか分かりませんからね」

千春はそう言って肩を竦《すく》めた。

高瀬川家が、上西家が十年後にどうなっているか分からない。

今の段階で下手な約束をして、言った言わないの話で揉《も》める余地を残すことは、由弦にとっても千春にとっても都合が悪い。

「ただ、念頭に置いておいて欲しいなぁーと、それだけです」

「はいはい。……考えておくだけ、考えておこう。それでいいかな？」

「十分です」

千春は満足そうに頷いた。

由弦にとっても、千春にとっても、「考えておくだけ」なら悪い話ではない。

「……ところで愛理沙さんはどうですかね？」

「どうとは？」

「前向きに考えてくれるかなぁーと。前は冗談だと思われてしまったので、どう思っているのか分からなかったんですよね」

千春はそう言って苦笑した。

あの場では話が途中で流れてしまったので、ちゃんと話すことができなかったのだ。

「ちゃんと話せば大丈夫だろう。冗談だと思われたのは、イメージできなかったからだろうし。俺たちが経験したような物だと伝えれば、分かりやすいんじゃないか」

由弦と愛理沙は元々同級生で知り合い同士だったが、本格的に親交を深めたのはお見合いの時からだ。

偽装婚約という複雑な関係を構築したが、しかし後から考えれば順当にお見合いで知り合い、少しずつ関係を深めてゴールインした形になる。

自分たちと同じだと考えれば、イメージがしやすいだろう。

……そもそも由弦も愛理沙も普通の恋愛を知らない。二人にとって〝普通の恋愛〟とは自分たちの関係のことを、自分たちの出会いを指すだろう。

「確かにそれもそうですね」

なるほどと、千春は頷《うなず》いた。

千春は幸せそうな愛理沙の姿を間近で見ている。政略結婚と言うと小難しく聞こえるが、要するに由弦と愛理沙のそれであると説明すれば、その辺りに少し疎いところがある愛理沙もイメージしやすいはずだ。

「次の機会にはそうしてみましょう」

「俺も機会があったら話してみようかな……」

二人は気楽な様子でそんなことを言った。

……二人は気付いていない。

自分たちの常識と、愛理沙の常識にはズレがあることに。

第二章　婚約者とダイエット

それは六月初旬のある日のこと。

「っく……はぁ……」

一人の少女が荒々しく、息を吐いていた。

息をするたびにブラジャーに包まれた豊かな胸が僅かに上下に動き、そして美しい白い谷間を玉のような汗が伝う。

縦長の形の良い臍《へそ》が露出した腹部は、時折キュッと引き締まる。

美しい亜麻色の髪はびっしょりと汗に濡《ぬ》れ、その翡翠色《ひすいいろ》の瞳は僅かに潤んでいる。

そしてその美しい顔立ちは苦悶《くもん》に歪《ゆが》んでいた。

「……愛理沙《ありさ》」

誰かが少女にそう呼びかけた。

声の主は……黒髪に碧《あお》い瞳の少年だった。

彼は少女のスパッツから伸びる白い脚を、両手でがっしりと掴《つか》んでいた。

そのせいで少女はまるで足先から体を吊り上《つ》げ《あ》られるような形になっている。

少女が苦しんでいるのは、彼が原因だった。

まるで少女が少年から暴行を受けているようにも見えなくもないが……

しかし意外なことに少年の声音は優しかった。

「もう、やめにしようか？　無理は良くない。今回は初めてなんだし……」

「大丈夫、です」

少女は辛そうな声で、しかししっかりとした声音でそう答えた。

「つ、続けてください……」

「い、いや、でも……」

「由弦《ゆづる》さんとなら、できます」

「……分かった」

少女の覚悟を尊重した少年は、再び動き始める。

少女もまた少年の動きに合わせるが……

「っく……あっ……」

すぐに苦痛の声を上げる。

思わず少年は体の動きを止めてしまう。しかし……

「つ、続けてください……！」

「……本当に無理だと思ったら、早めに言うんだぞ！」

再び少年と少女は動き始めた。

さて二人がなぜ、このようなことをしているのか。

それを説明するには、数日前まで時を遡る必要がある。

※

日曜日の早朝。

愛理沙が来る日ということもあり、由弦はシャワーを浴びていた。

そんな時……浴室の姿見を見て、ふと首を傾げた。

「……うん？」

由弦の視線の先は鏡に映る自分の腹部だった。何となく、違和感があった。

「……っく」

凹《へこ》ませてみたり、腹筋に力を入れてみたり……

直接、自分の腹部に指で触れたり、摘んでみたりして、何度も確かめる。

「……まさか、そんな馬鹿な」

早々に体を洗い終えると、由弦は髪をバスタオルで拭きながら……

脱衣所にある、体重計に乗った。

「な、に……？」

太っていた。

（成長期だから体重が増えた……と考えたいところだが、腹の肉は否定し難《にく》いしな……）

身長が多少なりとも伸びてはいるので、当然その分、体重が増加するのは当然ではあるのだが……

身長の伸び以上の体重の増加を由弦は感じていた。

もちろん、脂肪よりも筋肉の方が重いので、体重だけで〝太った〟と判断することはできない。

が、特に筋肉が増えたという実感はないし、そもそも見た目でお腹《なか》が気持ち出ているような気がする以上、〝肥えた〟と判断するのが妥当である。

（しかし何故《なぜ》だ……運動量は減っていないはずだが……）

由弦が原因について考えていると……

「由弦さん、由弦さん……聞いていらっしゃいますか？」

鈴を転がすような可愛《かわい》らしい声がした。

気が付くと亜麻色の髪の可愛らしい婚約者——雪城《ゆきしろ》愛理沙——が由弦の顔をじっと見て

いた。

「え、あっ……すまない。ボーッとしてた」

「何か、お悩みですか？」

「いや、まあ……大したことじゃない」

実は太ったんだよね、というのは、ちょっと由弦としては言いづらかった。

別に多少太ったくらいで愛理沙が由弦のことを嫌いになるはずもないし、そもそも言うほど太ったわけでもないのだが……

男としての見栄《みえ》というやつだ。

愛理沙の中の由弦は、たとえ嘘《うそ》であっても、ガッシリとした〝マッチョ〟な男でいたい。

「そうですか。……もしご相談があれば、いつでもおっしゃってくださいね」

「ありがとう。えっと……それで？」

「にんにく知りません？　……まだ残っていたと思うんですが、見つからなくて」

冷蔵庫を指さしながら、愛理沙はそんなことを由弦に尋ねた。

由弦は首を傾げながらも冷蔵庫を開く。

「普段はこの辺りに……うーん、確かにない。あぁ、そう言えば昨日、ペペロンチーノを作るのに使ったかな？」

由弦も愛理沙の影響を受けて、多少は料理をするようになっていた。

もっとも、今のところレパートリーは野菜炒《いた》めか、ペペロンチーノか、チャーハンしかないが。

由弦の返答に対し、愛理沙はその整った眉を僅かに上げた。

「もう、由弦さん！　勝手に使っちゃダメじゃないですか!!」

「ご、ごめん……ん？」

由弦はふと、違和感を覚えた。

自分の家の冷蔵庫の中身を使って、どうして怒られなければならないのか。

なぜ、愛理沙の許可が必要なのか？　おかしくないだろうか？

「使ったら一言、言ってください！　いいですか？」

「は、はい」

とはいえ、プンプンと怒っている婚約者にそれを言う勇気はなかった。

……実際のところ、由弦と愛理沙なら愛理沙の方が冷蔵庫を使っているし、その中身も把握しているので、あながち愛理沙の主張も間違っているわけではなかった。

「まあ、いいです。幸いにも買い物前ですし……気が付いて良かったです」

「分かった。……ところで、今日の夕食は？」

「唐揚げを作ろうかなと思います。冷凍すれば持ちますし」

愛理沙は日持ちしやすいおかずを定期的に作ってくれている。

解凍すれば食べられるので、由弦としては非常に助かっていた。

「お好きですよね？」

「ああ、特に君のは大好きだ。もちろん、君の方が好きだが……」

「はいはい。……唐揚げと比べられても、嬉しくありませんからね」

全く、何を言っているんだか。と、呆《あき》れた表情を愛理沙は浮かべた。

……その頰《ほお》は僅かに赤く染まっていたが。


それからしばらくして、夕食の時間。

「私、唐揚げを少しお代わりしようかなと思っていますが……由弦さんはどうしますか？」

「せっかくだし、もらおうかな。……ご飯ももらえるかな？」

「分かりました」

淡々と義務的に返す愛理沙。

しかし付き合いが長い由弦には、愛理沙の声がとても弾んでいることがよく分かった。

もし愛理沙に尻尾があれば、ブンブンと振れていただろう。

「はい、どうぞ」

「ありがとう」

台所から戻ってきた愛理沙から、由弦は唐揚げと茶碗《ちゃわん》を受け取った。

唐揚げをおかずに白米を食べる。

揚げ物の油と、白米の甘みは非常に相性が良い。

健康にはあまり良くないかもしれないが……

「あっ……」

と、そこでようやく、由弦は気が付いた。

「どうかされましたか？」

「い、いや……何でもないよ」

少し不安そうに尋ねる愛理沙に対し、由弦は少し大げさに首を横に振り、食事を再開する。

そして食べながら……思ったのだった。

（これが原因か……）

犯人は愛理沙だった。


運動量は変わっていない。

しかしなぜ太ったか？　答えは簡単。食べる量が増えたから。

なるほど、考えてみれば当然の理屈であった。

正直なところ、由弦も薄々勘付いていた。

勘付きながらも、敢《あ》えて考えないように、無視していたのだ。

だって、愛理沙の料理は美味《おい》しいし。

愛理沙は栄養バランスも考えてくれているから。

しかし栄養バランスがいくら整っていたとしても、食べる量が増えれば太るのは自明である。

美味しいから、そして愛理沙が「お代わりはいりますか？」と聞いてくるものだから、ついつい食べすぎてしまった。

ついでに直近の学園祭で食べすぎたのも良くなかった。

「由弦さん、由弦さん」

「……あ、えっと……すまない。どうした？」

食後。

食器の後片付けをしている最中、愛理沙に話しかけられ、由弦は我に返った。

「いえ、その……手が止まっていたので。その、食器……洗い終えましたか？」

「あぁ……すまない。これはもう、洗った」

由弦はそう言って皿を愛理沙に渡す。

愛理沙は由弦から受け取った食器を布巾で拭き、水きり籠に置く。

「本当に大丈夫ですか？　由弦さん」

「いや……本当に大したことではないのだが……」

「大したことがないようには思えませんが……些細《ささい》なことでも、ご相談に乗りますよ？」

さて、どうしたものかと由弦は考える。

あまり言いたくはないのだが……しかし体重を減らすことを考えると、愛理沙の協力は必要不可欠だろう。

少し悩んでから由弦は答える。

「その……今度から、食事は少なめで大丈夫だ」

太ったとは言いたくなかった由弦は敢えて用件だけを言った。

すると愛理沙は……

「えっ……？　ど、どうしてですか？」

最初は驚き。

「もしかして……体調が悪いとか、ですか？」

次に心配。

「そ、それとも……お口に合わなかったとか？」

そして不安。

コロコロと表情を変える婚約者に対し、由弦は慌てて首を左右に振った。

「いや、別に体調が悪いわけでもないし、ましてや君の味に飽きたわけじゃない。……君の唐揚げは大好きだよ」

「……それでは、どうして？」

「あー、えっと、言わないとダメ？」

「……言ってくれないと分からないじゃないですか」

「そうだよなぁ……」

由弦は思わず頰を搔いた。

「うーん、まあ、その、何と言うか……」

「何ですか？」

「体重が増えたというか……」

「……体重、ですか？」

愛理沙は不思議そうに首を傾げた。

いまいち伝わっていない。

「要するに太ったから、ダイエットを考えている」

由弦は正直に白状した。

すると愛理沙はポカンとした表情を浮かべた。由弦の告白は予想外だったらしい。

愛理沙は呆気《あっけ》にとられた表情で呟《つぶや》いた。

「……男の人も太るんですね」

由弦は思わず苦笑する。

「……別に太っている男は珍しくないだろ」

「すみません。今のは語弊がありました。その……何と言うか、実質的にということではなく、概念的にというか……気にするんだなっていう意味です」

女性は体型にとてもデリケートである。

だから見た目に変化がなくとも、数キロ増加しただけで「太った」と認識する。

一方で男性は数キロ増加しても気にしない。

そもそも体重も測らない。

愛理沙が言いたいことはそういうことである。

「しかし本当に太ったんですか？　成長期だから増えただけじゃないですか？　特に変わっているようには見えませんが……」

「体重増加そのものというよりは……ちょっと、お腹《なか》が気持ち出たような気がするなぁ

……って感じというか」

体重の増加も筋肉の増加によるものであれば、むしろ喜ばしいことだ。

そんなことを考えながら由弦は服を少し捲《まく》ってみせた。

「こんな感じで……」

「……ふむふむ」

愛理沙は由弦のお腹に顔を近づけた。

「えー……そう、ですねぇ。う、うーん……私の目から見ると、別に……あぁ、でも、言われてみると確かに……」

愛理沙はブツブツと呟きながら、由弦のお腹を軽く指で摘んだ。

「去年の夏頃と比較すると……記憶よりは、腹筋が見えにくい感じがしないでもないような……思い出補正かもしれませんが……」

「愛理沙……少し擽ったい」

「え？　あっ……すみません」

愛理沙は少し慌てた様子で手を離した。

由弦は服を戻してから愛理沙に問いかけた。

「愛理沙の中では俺の腹筋は思い出なのか？」

「へ、変な事言わないでくださいよ……」

「思い出なの？」

「……ま、まあ、筋肉質で色気があるなぁとは、ちょっと、思いましたよ？」

去年の夏、プールに行った時の愛理沙はまだツンツン期であった。

しかし、その頃から由弦の水着姿に対して「色気があった」と思っていたというのは、愛理沙も由弦のことをしっかり異性として見ていたということだ。

由弦も正直なところ、一年前にプールで愛理沙の胸を見た時は「うわっ、エロっ！」と思ったりしていたので、それと同じようなものだろう。

由弦が愛理沙の水着姿を思い出していろいろと思うところがあったように、愛理沙も由弦の水着姿に思うところがあったというのは、とても嬉しいことだ。

婚約者と思いが通じ合っていたということなのだから。

もっとも、通じ合っていたのは気持ちではなく、妄想かもしれないが。

「望むならいくらでも見せてあげるよ。何なら、触ってもいい」

「……代わりに私も見せなくてはいけなくなりますよね？　騙《だま》されませんからね」

「いや、別にそんなことは計画してないけど……」

由弦が苦笑すると、愛理沙は「そ、そうでしたか」と少し動揺した様子で髪を弄《いじ》った。

妄想が先走ってしまったらしい。

「しかし……別にダイエットをしなければいけないほど、太っているようには見えませんが？　急に食習慣を変えたりするのは、健康には良くないですよ？」

愛理沙は誤魔化《ごまか》すように早口でそう言った。

「でも早めに手を打たないと、後が大変だし。それに……愛理沙は筋肉好きだろう？」

「ま、まるで、私の性癖が筋肉みたいな言い方、やめてください……！　別に筋肉がなかろうと、太っていようと、由弦さんは由弦さんですし……」

「でも、筋肉質の俺と太っている俺なら、前者の方が好きだろう？」

由弦も愛理沙のウエストが太くなろうと、逆に胸や尻の容量が減ろうとも愛理沙は愛理沙で好きなままではあるが……

しかし、太った愛理沙よりは、今の凹《へこ》んでいるところは凹んでいて、出ているところはしっかり出ている愛理沙の方が好きだ。

相手のことを思えば、好きな人に好かれるようにするのは当然のことである。

「それは……まあ、そうですね……」

「それにそろそろ夏休みだし」

おそらく、愛理沙と海やプールに行くこともあるだろう。

もしかしたら、そこには宗一郎《そういちろう》や聖《ひじり》、そして亜夜香《あやか》たちもいるかもしれない。

その時、だらしない体でいるのは良くない。

「分かりました。応援しています」

「……愛理沙はしなくていいのか？」

「……私が太っていると、言いたいんですか？」

心外だと、愛理沙は眉を顰《ひそ》めた。

由弦は慌てて言い繕う。

「い、いや……太っているようには見えないけどさ。ほら……君もそれなりに……食べてただろう？」

「……ちょっとしか、お代わりはしてませんよ。由弦さんほど、食べてません」

「でも〝ちょっと〟はしただろう？」

「……」

愛理沙は顎に手を当てて考え込み始めた。

ここ最近の食生活、食事量の記憶が愛理沙の脳裏を駆け巡っているのだろう。

最後に愛理沙はそっと、自分のお腹に軽く触れた。

「……体重計、お借りしても？」

「どうぞ、どうぞ」

愛理沙は無言で、体重計がある洗面所近くへと向かった。

そしてしばらくして戻ってきた。

「……太ってはいませんでした」

「そうか。それは良かった」

「……でも、私もお付き合いすることにします」

「……太ってなかったんだよね？」

「太ってませんけど？」

何か、文句あるんですか？

と言いたそうに愛理沙は由弦を睨んだ。

美人の怒った顔は怖い。

「い、いやいや……ま、まさか……愛理沙が一緒だと、心強いよ！」

「任せてください」

愛理沙は大きく頷《うなず》いた。

「これからは低糖質高たんぱくを意識します。お米の代わりにキャベツと、おから。野菜はブロッコリー。お肉は鶏むね肉ですかねぇー。メニューを考えないと……」

「あぁー、いや、別にそこまで気合いを入れなくても……」

「舐《な》めてるんですか？　由弦さん。やる気あります？」

「すみません。頑張ります」

由弦は頭を下げるしかなかった。

※

ダイエットに必要なことは、大きく分けると二つ。

一つは食事制限。

脂質の多い物、炭水化物などは極力避けるのが望ましいとされている。

また、筋肉をつけることを考えるとタンパク質などを摂取することも望ましい。

もう一つは運動だ。

そして運動は大きく、有酸素運動と無酸素運動に分けられる。

前者は脂肪を減らしやすく、一方で後者は筋肉がつきやすい。

脂肪を減らしたいなら前者が有効だが、しかし筋肉がつけばそれだけ代謝が上がり、効率も良くなるので、どちらもバランス良くやるのが望ましい。

特に由弦の場合、単に脂肪を減らしたいのではなく、それを筋肉に変換したい——愛理沙の婚約者として相応《ふさわ》しい肉体を得たい——ので、筋トレは必須だ。

というわけで……

「二人で運動をしましょう」

翌週の日曜日。

由弦の部屋に来てから早々に愛理沙はそんなことを言い出した。

「ふむ、二人でか……まあ、いいけど」

ダイエットもあり、一人で黙々と運動を続けていた由弦だが……

しかし一人でやるにしても飽きが生じてきた。

宗一郎や聖を誘うこともできたが、二人も常に暇というわけでもないのだ。

そういうわけで愛理沙と共に筋トレができるのは、由弦としては大歓迎だ。

「しかし二人でやるからには……二人でできる運動メニューとかがあるのか？」

二人で仲良く並んで、腕立て伏せや腹筋をする。

……あまり楽しくはなさそうだ。

二人で一緒に一人でもできることをするのは、少し虚《むな》しさを感じる。

「はい。たまに妹と……芽衣《めい》ちゃんとやるので」

「……へぇー」

愛理沙の言葉に、ふと由弦は最近、彩弓《いもうと》から来たメールを思い出した。

最近、愛理沙の従妹《いとこ》である芽衣が彩弓《あゆみ》に対して「愛理沙さんのダイエットに付き合わされて辛い……」と愚痴っている……という話であった。

微笑ましい話だ。

由弦は思わず苦笑いをする。

「……何を笑っているんですか？」

「あー、いや、何でもないよ。……とりあえず、着替えるか」

「そうですね。私はあっちで着替えます」

愛理沙はそう言って荷物を持ち、浴室の方へ——洗面台がある脱衣室へと——消えていく。

そして扉を閉めてから、チラッと開けた。

「……覗《のぞ》いちゃダメですからね？」

「どうしても、見たかったら？」

「……その時は見せてあげます」

見せてくれるらしい。

もっとも、どうしても見たいわけではない――見たいか見たくないかで言えば見たいが、そこまで飢えているわけではない――ので、頼むつもりもないが。

さて、由弦は適当なＴシャツと短パンに着替え終え……

しばらくすると、扉が開き、愛理沙が出てきた。

「……なっ」

そして由弦は思わず目を見開いた。

というのも、スポーツブラにスパッツだけという非常に大胆な姿で現れたからだ。

スポーツブラは胸を覆い隠すようなデザインで、決していやらしさはないが……

しかし露出が多いのは事実だ。

腋《わき》から肩、長い足、そしてほっそりとしたお腹《なか》と綺麗《きれい》なお臍《へそ》が外気に触れてしまっている。

「え、えっと……へ、変、ですか？」

愛理沙は少し恥ずかしそうに由弦にそう尋ねた。

由弦は頰《ほお》を掻きながら答える。

「い、いや……まあ、変ではないよ。気合い十分という感じで、良いんじゃないか？」

目のやり場に困る。

というのが由弦の本音だった。

「その、この方がどれくらい瘦せたか……分かりやすいかなと、思ったんです」

言い訳するように愛理沙はそう言った。

自然と由弦の視線が愛理沙の腹部……ウェストと、形の良いお臍に向く。

ぱっと見では、太っているようには見えない。

少なくともお腹が出ているということはない。

相も変わらずほっそりとしたお腹で、ダイエットの必要があるとは思えないが……

「ちょ、ちょっと……見ないでください」

と、由弦が観察していると愛理沙は恥ずかしそうにお腹を隠した。

そして小さな声で「……えっち」と呟く。

ならば臍など出さなければ良いではないか。

と、由弦は思ったが、それを言えば「だからと言ってジロジロ見て良いことにはなりません！」と言われることは明白だった。

「ダイエットの必要があるようには見えないけど……？」

ダイエットのしすぎで痩せすぎにならないだろうか？

と、由弦は少しだけ心配になった。

相対的な意味で〝痩せる〟のは問題ないが、絶対的な意味で〝痩せる〟のは不健康だ。

「そう見えます？」

愛理沙は少し恥ずかしそうにしながらも、お腹を覆っていた手を退けた。

再び縦長のお臍と、美しい括《くび》れが姿を現す。

「括れもあるし……問題はないんじゃないか？」

「ぱっと見はそうかもしれませんが……数値上はちょっと変わってます。それに……」

「それに？」

「腹筋が欲しいんです」

「……ふむ」

由弦はバキバキに腹筋が割れた愛理沙の姿を思い浮かべた。

決して悪くはない。

悪くはないが……

「い、いや……その、俺としては今の愛理沙も十分素敵だと……」

「言っておきますが、腹筋を六つに割りたいとか……そのレベルではありませんからね？」

愛理沙の言葉に由弦はホッと胸を撫《な》で下《お》ろした。

さすがに筋肉ムキムキはタイプではないからだ。

「ではどのくらい？」

「縦に線が入るくらいが綺麗かな……と」

なるほどと、由弦は頷いた。

確かにそれくらいなら、むしろあった方が綺麗だろう。

「じゃあ……始めようか。それで、どうする？」

「そうですね。じゃあ……腹筋の話をしたところですし、腹筋から始めましょうか」

早速、二人は筋トレに取り掛かることにした。


まず初めに二人は互いに仰向《あおむ》けに寝ころび、そして膝を曲げた。

そして足を交差させる。

自分の足で相手の足を固定する……そんな形だ。

「このまま手を使わず起き上がって……二人でハイタッチします」

「なるほど」

由弦は頷いてから腹筋に力を入れて、起き上がった。

そして同時に起き上がってきた愛理沙と……

パン！

と手と手を合わせた。

「何回やる？」

「とりあえず……」

愛理沙は目標を口にした。

その回数は由弦が想定していた回数よりも、一回り多かった。

「それは少しハードすぎるような……」

「初めから弱音を吐いてどうするんですか！　……本当にダメなら、後から目標を下げればいいんです」

目標を下げるのは簡単だ。

だから最初はあえて難しい目標を設定する……という方向性らしい。

由弦としてはできそうなところから少しずつハードルを上げていきたいところではあるが、しかし愛理沙の主張に真っ向から反対するほどの理由でもない。

「じゃあ、そうしよう」

こうして二人で腹筋を再開する。

当然のことだが一回、二回と繰り返すたびに辛くなっていく。

十回目を超える頃には、既に相応の負担が腹筋に掛かり始めた。

とはいえ……

（これは……案外、悪くない）

体を起こすのは辛い。

しかし起こせば……目の前には愛理沙がいるのだ。

愛理沙の美しい容姿、汗で艶やかに濡《ぬ》れた亜麻色の髪、仄《ほの》かに赤く染まった白い肌……

そんな、ある意味ご褒美と言えるものが待っている。

そう考えると少しモチベーションが上がる。

合わせて由弦の中で「婚約者の前で情けない姿を晒《さら》すわけにはいかない……！」という意識が働くので、それもまたモチベーションに繋がっていた。

一見するとメリットしかない、この方法。

……しかし意外な弱点があった。

「……っく、はぁ……！」

「……愛理沙、大丈夫か？」

由弦よりもワンテンポ遅れて起き上がってきた愛理沙に、由弦はそう尋ねた。

それに対し、愛理沙は少し強引な笑みを浮かべた。

「だ、大丈夫です……！」

由弦は男。

そして愛理沙は女。

愛理沙の方がどうしても遅れてしまいがちになる。

「少し休憩を挟んでも……」

「あ、あと……あと、十回、ですから！」

愛理沙ができると言っている以上、由弦も無理に止めることはできなかった。

そして由弦が愛理沙を〝待つ〟時間こそ、徐々に伸びてはいったが……

最終的に何とか、二人で五十回をやり遂げた。

「はぁ……はぁ……」

腹筋を終えた後、愛理沙はぐったりと、両手を大の字にして寝転がった。

呼吸をするたびに、大きな胸が上下に動く。

白い肌には玉のような汗が浮かんでいた。

辛そうにしている愛理沙には申し訳ないことだが、由弦は「綺麗だな」という感想を抱いてしまった。

「すみません……由弦さん」

呼吸を落ち着かせてから、愛理沙は由弦に謝罪した。

足を引っ張ってすみません……と、そういう意味だった。

これに対して由弦は首を左右に振った。

「いや、気にすることはない」

「そう、ですか……でも、このやり方は少し、改めた方がいいかもしれませんね」

「……まあ、確かに。自分のペースでやった方がいいかもね」

腹筋については互いに足を押さえるだけでも十分だろう。

そんな結論に至った。

その後、二人は互いに肩に手を乗せてスクワットをしてみたり、二人で手を合わせ押し合うことで胸筋を鍛えてみたりした。

……一人でもやろうと思えばできそうな気もするが、それは野暮《やぼ》というものだ。

二人でやるから捗《はかど》るという一面もあるのだ。おそらく。

さて、次の筋トレをするために由弦は愛理沙に言われたままの姿勢を取ったのだが……

（……この姿勢は危険なのではないだろうか？）

ふと、由弦はそう思った。

体勢としては、肘を曲げてうつ伏せになっている愛理沙の足首を、由弦が持ち上げている……そんな形だ。

そして由弦は前かがみになりながら、肘を引く。

愛理沙は腹筋を、由弦は背筋を鍛えられる……ということらしい。

筋トレのやり方そのものには危険はない。

危険なのは由弦の視界に映る物。

（ま、間近で見ると、迫力が違うな……）

要するにスパッツに覆われた愛理沙の臀部《でんぶ》だった。

普段、由弦は愛理沙の臀部を見ることはあまりない。

正面を向いて会話することはあれど、背中を見ながら会話をすることはあまりないからだ。

そもそも胸部と異なり、視線のずっと下にある箇所にはどうしても意識が向きにくい。

だが、現在の状況は異なる。

丁度、視線の先に愛理沙の女性らしい丸みを帯びた臀部があった。

しかも穿いているのはズボンやスカートではなく、スパッツだ。

そのせいで愛理沙の美しい臀部の形が強調されているように見えた。

（あ、あれ……これ、もしかして……）

さらに由弦はある可能性に行き着く。

（は、穿いてない……？）

これだけ体のラインが浮き出る物を着ているなら、下着のラインが浮かび上がってもおかしくはない。

しかしぱっと見でそのような物は見当たらない。

もしかしたら下に何も着ていないのかもしれない。

もちろん、透けにくいような物を穿いているだけの可能性もある。

だがこればかりは実際に観測してみないと分からない。

重要なのは真実ではなく、可能性の有無だ。

と、由弦は無駄に想像力を働かせてしまい……あまり良くない気持ちになってしまった。

慌てて視線を逸らすと、今度はスパッツから伸びた長い美脚が視界に映った。

再び視線を逸らすと、次は汗で濡れた真っ白な背中が映る。

どうやらどこを見ても〝危険〟なことは変わらないらしい。

「由弦さん……？　始めませんか？」

「え？　あ、あぁ……すまない」

愛理沙に急《せ》かされ、由弦は慌ててトレーニングを始めた。

極力、意識を愛理沙ではなく、自分自身の筋肉に集中させせ……


そして時間は少し遡る。

「はぁ……はぁ……」

由弦の目の前には汗で体を濡らしながら、辛そうに喘《あえ》いでいる愛理沙の姿があった。

見ている者の庇護欲《ひごよく》を駆り立てる、背徳的で蠱惑的《こわくてき》な姿だ。

それに魅せられてしまうのは男性なら仕方がないことであり、由弦も例外ではなかった。

「その……愛理沙。休憩にしないか？　……俺も疲れたから」

「……わ、分かりました。そう、しましょう」

いろいろと限界が近づいていた由弦は愛理沙にそう提案し、ようやく愛理沙は休憩を受け入れた。

愛理沙は息を荒らげながら起き上がり、床の上に座り込んだ。

「はい、タオル」

「ありがとうございます」

由弦からタオルを受け取ると、愛理沙は体についた汗を拭い始めた。

まず顔、髪、首回り、腕、胸元、腋《わき》の下と順番に拭いていく。

気が付くと由弦はそんな愛理沙を眺めていて……

そしてふと、目が合ってしまう。

「腹筋が……ぷるぷるしてます」

愛理沙は少し辛そうに、だが満足そうに自分のお腹《なか》に触れながらそう言った。

キュッと引き締まったお腹が、綺麗《きれい》な縦型の臍《へそ》周辺が、僅かに震えているのが分かる。

無自覚か、それとも敢《あ》えての行動なのか。

婚約者のそのような蠱惑的な行動に対し、由弦は……

「あのさ……愛理沙」

ゆっくりと、愛理沙との距離を詰めた。

「はい、何でしょうか……ひゃん！」

思わず愛理沙は声を上げた。

由弦が愛理沙の両肩に手を置いたからだ。

「愛理沙」

由弦はしっとりとした愛理沙の白い肩を掴み、そして困惑した表情を浮かべる愛理沙の顔へ、自分の顔をゆっくりと近づけ……

「キスしちゃ、ダメかな？」

堪えきれなくなった欲望を口にした。


「え……？　き、キス……ですか⁉」

由弦の言葉に愛理沙は驚きの声を上げた。

戸惑いからか、視線を激しく泳がせる。

しかし由弦はそんな愛理沙の顔を、翡翠色《ひすいいろ》の瞳を覗《のぞ》き込《こ》みながら、言った。

「ああ。……ダメかな？」

「い、いや、そ、それは、その……」

愛理沙は動揺しながら、自分の唇に、軽く手を触れた。

そして僅かに震える声で由弦に尋ねる。

「そ、その……唇、ですか？」

「もちろん」

由弦の言葉と同時に、愛理沙は肌を薔薇色《ばらいろ》に染めた。

それから恥ずかしそうにもじもじする。

「く、唇じゃないと……だ、ダメ、ですか？」

そして上目遣いで由弦にそう尋ねた。

由弦と愛理沙がファーストキスをしてから、そろそろ二週間が経過している。

その間、二人は一度も接吻《せっぷん》をしていない。

最初の一回目をしたからといって、気軽に二回目ができるほど二人はこなれていなかったし……

何より、一回目である程度満足していたからだ。

由弦の方は愛理沙に接吻をしたいという、強い欲求は湧かなかった。

そして愛理沙の方は……少なくとも自分から由弦に「キスしたい」とは言わなかった。

そんな中、由弦からの唐突な「キスの要求」に愛理沙は少したじろいでしまった。

しかし由弦の方はそんな愛理沙の態度に、増々欲求が昂《たかぶ》ってしまった。

「したい。……嫌かな？」

「い、嫌では……ないですけれど……」

いつにも増して積極的な由弦に、愛理沙は動揺する。

「ど、どうして……突然？」

愛理沙は由弦にそう尋ねた。

確かに接吻を望むにしては、あまりに唐突すぎる。

しかしそれは愛理沙にとっての話だ。

「……我慢するのが辛くなった」

「が、我慢……」

「君があまりに魅力的だから。……ダメかな？」

好きな人の蠱惑的な姿を目の前で見せつけられて、その気にならない男は少ない。

抑えていた欲求が溢《あふ》れてしまったのだ。

「そ、その……今は汗を掻いてますし、筋トレの途中ですし……そ、その、終わった後とかじゃ、ダメですか……？」

愛理沙は懇願するように由弦にそう言った。

今の愛理沙は汗に塗れていて、多少なりとも臭いがある……と愛理沙は考えていた。

接吻するほど近づけば、当然、由弦にその臭いを嗅がれてしまう。

汗臭いと由弦に思われるのは嫌だった。

……というのはあくまで、方便だ。

愛理沙としては、接吻をするにしても、もう少し心構えがしたいというのが本音だった。

「ダメだ」

「え、えぇ……」

由弦の否定の言葉に、愛理沙は酷く動揺した。

今までのパターンなら、「女の子として汗臭いと思われたくない」という建前を前面に押し出せば、由弦は引いてくれた。

それくらいは察して、気遣ってくれるのが由弦だった。

しかし今回はそれを踏み越えてきた。

「今したい」

「い、いや、でも……その、臭いが……」

「気にしないから」

由弦はそう言いながら、大きく両手を広げた。

そして気付いた時には愛理沙は由弦に抱きしめられていた。

拘束されていたと言ってもいい。

「……俺のために、頑張ってくれないか？」

由弦は愛理沙の耳元でそう囁いた。

同時にゾワッとした物が愛理沙の背中に走り、そして気が付くと愛理沙の体から力が抜けていた。

「分かり……ました」

愛理沙は小さく頷《うなず》いた。

愛理沙の返答を聞いてから、由弦は愛理沙を解放する。

「……ありがとう」

由弦は愛理沙の顔を見ながらそう言った。

すると愛理沙は恥ずかしそうに顔を俯《うつむ》かせる。

由弦はそんな愛理沙の手を取り、軽く手の甲に唇を落とした。

愛理沙は小さな白い肩を震わせる。

次に由弦はその白い肩を両手で摑み、愛理沙の体を自分の方へと引き寄せた。

そして亜麻色の髪に顔を近づける。

「そ、そこは……」

臭いを気にする愛理沙は僅かに抵抗の意志を見せた。

しかし……

「愛理沙の匂いがする」

そんな言葉と同時に由弦は愛理沙の髪に唇を押し当てた。

そして軽く髪を口に含む。

それだけで愛理沙のささやかな抵抗はあっさりと砕かれた。

「あっ……あっ……。ゆ、由弦さん……そ、そこは……」

首筋を軽く吸われ、愛理沙は甘い声を上げた。

そのまま由弦がそっと愛理沙の背中を撫《な》でると、愛理沙は小さく体を震わせた。

それから由弦は愛理沙の耳元で囁《ささや》くように尋ねる。

「愛理沙。実は一つ、気になっていることがあるんだけど……」

「んっ……何でしょうか？」

「どうして、こんな恰好《かっこう》にしたんだ？」

ビクッと、愛理沙は体を震わせた。

「う、動きやすいかなと思って……」

「Tシャツやハーフパンツでも、問題なかっただろ？」

「そ、それは……その……お腹が見えてた方が、実感が湧きやすいかなと……ぁんっ」

由弦は愛理沙の耳に軽く唇を当てた。

「正直に」

「ほ、本当ですよ？　……は、半分は」

「もう半分は？」

「……秘密です」

愛理沙の言葉に由弦は思わず表情を緩めた。

そして愛理沙の頰《ほお》に唇を押し当てる。

それから愛理沙の顎に軽く手を添え、上を向かせた。

愛理沙は軽く目を閉じる。

二人の唇が重なった。

数秒後……二人の唇がゆっくりと、離れた。

愛理沙は少し恥ずかしそうに目を伏せながら、由弦に尋ねる。

「……満足しましたか？」

「……もう少ししたい」

由弦が正直にそう言うと、愛理沙は首を大きく横に振った。

そして両手で由弦の胸板を強く押す。

「今はダメです」

「……今は？」

「……終わった後のご褒美というのは、どうですか？」

「それは名案だ」

このあと、滅茶苦茶《めちゃくちゃ》筋トレをした。

※

「中々、ハードでしたね……」

「そうだね。……疲れたよ」

予定していたメニューを終えた二人は、ぐったりしながら呟《つぶや》いた。

時刻は既に夕方。

数時間、筋トレはもちろん、外でランニングなどをした結果……二人はすっかり疲労困《ひろうこん》憊《ぱい》していた。

ご褒美のキス……をしたいところであるが、すでにそんな気力は残っていなかった。

そもそも頭から抜け落ちていた。

「由弦さん。シャワー頂いてもいいですか？」

遠慮がちに愛理沙にそう尋ねられた由弦は、小さく頷いた。

由弦も汗を落としたい気持ちはあるが、愛理沙が優先だ。……女の子の方が汗が気になるのは当然のことだ。

愛理沙は由弦に礼を言ってから、脱衣室へと向かう。

脱衣室に入ってから、スポーツブラとスパッツを脱いだ。

どちらも汗でびっしょりと濡《ぬ》れている。

そして浴室に入り、シャワーを浴びた。

体にべったりとついていた汗が流れ落ちる。

「はぁー」

思わず愛理沙は声を上げた。

そして汗を落とし終えた愛理沙は、お腹《なか》に軽く触れながら呟いた。

「もう、お腹痛くなってきた……」

長時間、お腹を出したままだったからお腹を下した……

わけではない。

単なる筋肉痛である。

「でも、これでかなり引き締まったかしら……？」

愛理沙はそう言いながら自分の腹筋を軽く指で押してみた。

何となく今朝よりも硬くなり、そしてお腹が細くなったような気がした。

もちろん気のせいだ。

単に夕食前だから、お腹が凹《へこ》んでいるだけである。

とはいえ、大事なのは〝そんな気がする〟と感じること……要するに痩せているという実感を持つことだった。

「それにしても由弦さんは全く……私のことが好きすぎでしょう」

愛理沙は思わず頬を緩ませた。

愛理沙は由弦の視線が時折、自分の肢体に向かっていたことに気付いていた。

というよりは、そもそもそれが狙いだった。

(おかげでキスも……できたし)

ファーストキスをしてから、二週間。

愛理沙は由弦が自分を求めて来ないことが不満だったのだ。

せっかく、キスができるようになったのだ。

もっと回数を重ねなければ、またできなくなってしまうかもしれない。

しかし……自分から頼むのは恥ずかしい。

だからこそ少し誘惑してみたのだ。

もっと自分を求めるように。

そしてその目論見《もくろみ》は成功した。

もっとも、汗まみれの状態で接吻《せっぷん》をすることになるとは思っていなかったので、そこは戸惑ったのだが。

「全く。いくら私が魅力的だからって……夢中になりすぎです」

気分が良くなった愛理沙は上機嫌で、自分用の石鹸《せっけん》を使い——由弦の部屋の浴室にはすでに〝愛理沙用〟のシャンプーやボディソープがあった――体を洗う。

そしてふと気付く。

「……あら？」

首筋に赤い何かがついていた。

タオルで擦ってみるが、しかし何故《なぜ》か落ちない。

虫刺されだろうか？

しかし特に痒《かゆ》いわけでも、痛いわけでもない。

何だろうと愛理沙は首を傾げ……

そしてその正体に気付いた途端、顔を真っ赤にした。


それからしばらくして……

鶏むね肉とブロッコリーをメインとした低糖質な夕食を食べ終えた愛理沙は帰路についていた。

もちろん、由弦も一緒だ。

「あのさぁ……愛理沙」

「何ですか？」

由弦の問いかけに愛理沙は少し冷たい声で返した。

……どういうわけか、筋トレを終えてから愛理沙は由弦に冷たかった。

「愛理沙は……焼肉って好き？」

「え？　……いえ、まあ、嫌いではありませんが」

由弦の突然な問いに、愛理沙は困惑しながらも頷いた。

そこまで経験が多いわけではないが、焼肉に行ったことは当然ある。

炭火、焼けた肉の香り、甘みの強いタレと脂、そして白米……

と、そんなワードが愛理沙の脳裏に想起され、自然と唾液が出てきた。

「由弦さんのせいで食べたくなったじゃないですか！」

愛理沙は怒りの声を上げた。

今はダイエット中……焼肉など、言語道断だ。

「い、いや……もし、ダイエットが終わったら食べに行こうかなと……」

由弦は言い訳するように言った。

自分だけ欲望を耐えるのは辛いため、愛理沙にも耐えてもらおう……そんな邪心があったのは秘密だ。

「……良いお店を知っていたりするんですか？」

愛理沙は由弦にそう尋ねた。

愛理沙の婚約者、高瀬川《たかせがわ》由弦は少しだけ美食家なところがある。

日々、学校周辺や自宅周辺、駅周辺で新しい店を開拓していることを知っていた。

「値は張るけど……まあ、そこそこ」

「それなら……誕生日に連れていってください」

約一月後、丁度愛理沙は誕生日を迎える。

ダイエットを頑張ったご褒美として、区切りとしては丁度良い。

誕生日に焼肉……？　と一瞬思った由弦だが、当の本人である愛理沙が望むなら文句はあるまいと由弦は頷《うなず》いた。

「分かった、そうしよう。……えっと、焼肉が誕生日プレゼントということでいいかな？」

「いえ、当然焼肉は割り勘です」

愛理沙はきっぱりと答えた。

数千円、下手をしたら万を超す焼肉を奢《おご》れというほど愛理沙は図々《ずうずう》しくない。

……以前、プロポーズをされた時は奢ってもらったが、それは由弦がどうしてもと言ったからだ。

「そうか」

一方、由弦の方は「女の子へのプレゼントが焼肉はさすがにダサすぎるよな」などと考えていた。

それから、ふと思い出す。

「あ、あのさ……愛理沙。少し話は変わるんだけど……」

「今度は何ですか？」

「ご褒美のキスの方は……その、ダメかな？」

由弦は遠慮がちにそう聞いた。

すると愛理沙は少しだけ顔を赤らめ、恥ずかしそうに視線を逸《そ》らし、そしてわざとらしく咳払《せきばら》いをした。

「こほん、そのことですが……少しだけ話があります」

「……えっと、何かな？　もっと別のところにして欲しいとか？」

「ち、違います！　真面目な話です！」

愛理沙は首を大きく横に振った。

そして気を取り直すように、腕を組み、由弦を睨みつけた。

「少しだけ……怒ってます。何故だと思いますか？」

「いや……」

何故、愛理沙が怒っているのか。

由弦は首を傾げた。

心当たりがあるとすれば、接吻が少し強引なやり方だった……くらいだ。

しかし由弦としては精いっぱい、段階を踏んだつもりだったし、何より愛理沙も満更ではなさそうに見えた。

「あー、少しだけキスが強引だったかな？」

「あれは……ま、まあ、あれはあれでいいです。でも……」

愛理沙はそっと、自分の首筋に触れた。

自然と由弦の視線が愛理沙の首筋に向き……そこで由弦はようやく気付く。

虫刺されのような赤い何かがあった。

「これです。これ……ど、どうしてくれるんですか⁉」

「えっと……虫刺され？」

「……随分と大きな虫がいたものですね」

愛理沙にジト目で睨まれ、由弦はようやく気付いた。

愛理沙の首筋のそれは、内出血だ。

強く吸ったことで付く……

いわゆる、キスマークだ。

付けたのは由弦だ。

「あっ……い、いや……別に付けるつもりはなかったというか……」

確かに由弦はキスをする際に少し強めに吸った。

しかしそれはあくまで普段と比較すればの話で、普通ならば到底キスマークができることはない。

だが愛理沙の肌は普通の女の子よりも敏感で弱い。

そのため些細《ささい》な刺激でも、赤くなってしまったのだ。

「今回は絆創膏《ばんそうこう》で隠しますけど……」

愛理沙は自分の首筋に付いたキスマークに指で触れた。

恥ずかしいという気持ちは強いが、しかし由弦と愛し合った証《あかし》という意味では悪い気はしなかった。

「次からは一言、断ってください」

「……許可を取れば付けていいのか？」

思わず由弦がそう尋ねると、愛理沙は目を見開いた。

そして頰《ほお》を搔いた。

「ま、まあ……気分次第ですが、見えないところなら……」

「見えないところとなると、かなり際どい場所になるような……」

「やっぱりダメです！」

と、そんなやり取りをしていると……

気が付けば二人は愛理沙の家の前まで来ていた。

「じゃあ、愛理沙。今日のところは……」

「待ってください！」

愛理沙は由弦を引き留めた。

それから腕を少し広げる。

「えっと……」

「……さよならのハグが、まだです」

恥ずかしそうに愛理沙はそう言った。

由弦は無言で頷き、大きく両手を広げた。

そして力強く、愛理沙を抱きしめる。

仄《ほの》かにシャンプーの香りがした。

数秒、愛理沙を抱きしめてから由弦は離れようとする。

が、しかし愛理沙は由弦を解放しなかった。

「愛理沙……？」

「……由弦さん」

愛理沙は由弦を見上げた。

「……目を瞑《つぶ》ってください」

言われるままに由弦は目を瞑った。

すると唇に柔らかい物が触れた。

「……ご褒美です」

気が付くと由弦の腕から抜け出していた愛理沙は、背中を向けながらそう言った。

「じゃ、じゃあ……また明日！」

そして少し慌てた様子で愛理沙は家の中に駆け込んだ。

由弦は呆然《ぼうぜん》としながら自分の唇に触れて……

思わず微笑《ほほえ》んだ。

※

六月末、某日。

「とりあえず……何頼もうか？　牛タン、ハラミ、カルビ……この辺りは鉄板だとは思うけど」

「ホルモンはどうですか？」

「いいね。じゃあ、その辺りを一通り……あ、そうだ。ユッケは食べられる？」

「はい、大丈夫です」

「じゃあ、ユッケも追加で……野菜はどうする？」

「サラダも頼もうと思います。このサラダと……あと、サンチュも頼みましょう」

「そうか。じゃあ、あとは料理かな……テールスープと石焼ビビンバも頼むか。愛理沙は？」

「……そんなに食べられますか？」

「二人でなら大丈夫だろ」

「でも、カロリーが……」

「今日くらいはいいじゃないか」

「……じゃあ、冷麺を」

二人は焼肉屋に来ていた。

注文を終えてしばらくすると、ドリンクとお通しのキムチが運ばれてくる。

「じゃあ、愛理沙。誕生日、おめでとう」

「はい。ありがとうございます」

二人で軽く乾杯する。

そして続いて運ばれてきた肉を焼き、食べ始めた。

「あぁ……美味《おい》しいです……」

愛理沙は頬に手を当てながら幸せそうにそう言った。

普段は手の込んだ、繊細な家庭料理を好んで作る印象のある愛理沙だが、こういった料理も――そもそも焼肉は料理なのかと言われると少し疑問が残るが――好きらしい。

（まあ、そもそも焼肉が嫌いな人というのはあまり聞かないが……）

肉が嫌いという人でもない限り、大抵の人は好きだろう。

そして肉が嫌いな人はいないわけではないが、そう多くはない。

少なくとも野菜嫌いと比較して。

「ここの牛タン、美味しいですね。分厚くて……」

「じゃあ、追加するか」

「…………そうしましょう」

少し迷った末に愛理沙は頷いた。

その後、焼肉だけでなく料理も運ばれてくる。

テールスープ、石焼ビビンバ、冷麺をそれぞれシェアしながら食べていく。

「あのさ、愛理沙。にんにくのホイル焼き、追加していい？」

「別に構いませんが……遠慮する理由が？」

「いや、ほら……臭うじゃん？　嫌かなって……」

口がにんにく臭い彼氏は嫌われるかな？

などと思いながら由弦は愛理沙に尋ねた。

一方で愛理沙は……

「全然、大丈夫ですよ。私も食べます」

「あ、本当？」

「一緒に臭くなりましょう」

にんにく。

二人で食べれば怖くない。

というわけで後のことは気にせず、二人はにんにくを追加注文する。

「そう言えば、愛理沙。誕生日プレゼントだけど……」

「え、あ、はい。用意してくださったんですか？」

少し驚いた表情で愛理沙はそう言った。

焼肉だけでも十分に高い――もちろん割り勘ではあるが、それを考慮しても高い――ので、これに合わせてプレゼントを買うのは、少し金銭的な負担が大きすぎる。

と、愛理沙は考えていた。

だからやんわりと由弦には「なくてもいいからね」と伝えていたのだ。

「まあ、大したものではないけれど」

「それは……ありがとうございます」

愛理沙は素直に頷《うなず》いた。

ここで「用意しなくても良かったのに」などと言ったりはしない。

由弦の好意を踏みにじることになるからだ。

「だけど、渡すのは次の機会でいいかな？　家にあるからさ」

「なるほど……そうですね。分かりました」

一瞬、どうして家に置いてきたのだろうか？　と考えた愛理沙だが、目の前で立ち上る煙を見てすぐに納得する。

こんなところにプレゼントを持ってきたら、プレゼントが焼肉臭くなってしまう。

さて、二人はその後も順調に肉を焼き、胃袋に収めていく。

そろそろお腹《なか》いっぱいだと由弦が感じてきた頃合いで……

「由弦さん。メニュー、見せてください」

「いいけど……まだ食べるのか？」

由弦は少し驚きながら愛理沙にそう言った。

由弦も随分と食べたが、愛理沙もまたかなりの量を食べていた。

もちろん、男である由弦ほどではないが……愛理沙の普段の食事量から考えると限界のはずだ。

「いいえ。もう終わりにしますよ」

「だったら……」

「だからデザートを頼もうかなと」

終わりにする。〝だから〟デザートを頼む。

その接続詞の使い方は果たして合っているのだろうかと、由弦は少しだけ疑問に思った。

そこは〝しかし〟ではないか。

「由弦さんは頼みますか？」

「えっ……どうしようかな……」

「私はこれにするつもりです」

そう言いながらデザートのページを見せられた由弦は……

「じゃあ、注文しようかな……」

結局、注文することにした。

それからデザートを食べ終えた二人はお腹を擦りながらお店を後にした。


「お腹、苦しいです……」

店を出た後、愛理沙はお腹を擦りながらそう言った。

由弦も同様に自分のお腹に触れる。

……随分と食べてしまった。

「……これはダイエット、やり直しか」

「ま、まあ、今日だけですし。このくらいでそんなに増えませんよ」

まるで自分に言い聞かせるように愛理沙はそう言った。

もっとも夏休みまではまだ少し時間がある。

今後もちゃんとダイエットを続ければ、今回の分程度は十分に取り返せるだろう。

さてそんな話をしているうちに、愛理沙の家の前に到着した。

「では、由弦さん。また明日」

「ああ、また明日」

二人はそんなやり取りの後、互いに抱きしめ合った。

そして接吻《せっぷん》をしようとして……

「……今日はやめましょう」

「……そうだね」

にんにくを食べたことを思い出し、やめた。

※

「すんすん……いい匂いしますね、愛理沙さん」

「ちょっと……嗅がないでください！」

帰宅後、芽衣に服の臭いを嗅がれた愛理沙は恥ずかしそうに距離を取った。

そして自分で自分の服の臭いを嗅ぐ。

焼肉の香りがした。

匂いとしては食欲をそそる物なので、決して悪い物ではない。……人間からしていると
いう点を除けば。

「着替えてきます。……それとブレスケア用のタブレットってありましたっけ？」

「冷蔵庫にあったと思いますよ。……臭いのする物でも食べたんですか？」

「にんにくを、まあ……」

「なるほど」

愛理沙はそそくさと部屋に戻り、部屋着に着替えた。

それからうがい、歯磨きをして、さらにタブレットを服用する。

「こう言っては何ですが……よく、彼氏とのデートでにんにく食べましたね？」

「い、いや……食べたいと言い出したのは由弦さんだし……」

「それで仲良く臭くなったんですね」

「まあ、そうですね。二人で食べれば、臭いはないも同然です」

「……どういう理屈ですか」

愛理沙の強引な理論に芽衣は苦笑いを浮かべた。

とはいえ、芽衣もにんにくは嫌いではない。

もし焼肉屋に行って、友人がにんにくを注文したら我慢することはできないだろう。

「その感じだと、仲良しのままのようですね」

「え、えぇ……まあ」

にへら、と愛理沙はニヤけた顔をした。

芽衣は内心で「気持ちの悪い顔をするなぁ……」と思いつつも、姉が幸せそうであることについては良いことだと後方妹面で満足そうに頷いた。

「結構なことです。私の人生計画には、愛理沙さんが高瀬川さんとオシドリ夫婦でいることが入ってますから、このまま頑張ってください」

「人の恋路を人生計画に組み込まないでくださいよ」

愛理沙は苦笑した。

もっとも、家を、会社を継ぎたいという意思を明確にしている芽衣にとっては、愛理沙が天城家《あまぎけ》と高瀬川家を繋《つな》ぎとめ続けることは、非常に重要なことなのだろう。

「ちなみに芽衣ちゃんは誰か……好きな人とか、いるんですか？」

「えー、どうですかね？　今のところ、気になる男子はあまり……みんな、子供っぽくて……」

芽衣は小さく肩を竦《すく》めた。

確かに芽衣は同年代の女の子と比較しても、かなり大人びている（ませているとも言える)。

男子は女子よりも精神面での発達が少し遅れる傾向があることを考えると、芽衣からすれば同年代の男子はみんな子供っぽく見えてしまうのだろう。

「じゃあ、年上とか？」

「年上かぁ……うーん、でも、男子の先輩とはそこまで……雄二《ゆうじ》先輩は高瀬川先輩の物だし……あ！　一人、いますね。素敵な人が！」

「へぇ……どんな人ですか？」

「私より四つ年上で、碧《あお》い瞳の男性です。とある名家の御曹司で……」

そんな人物、愛理沙は一人しか知らない。

高瀬川由弦だ。

ニヤニヤとした表情で自分を見てくる芽衣に対し、愛理沙は小さくため息をついた。

「残念ながら……その人には芽衣ちゃん以外に好きな人がいますから、叶《かな》わぬ恋ですね」

悲しそうな声で愛理沙はそう言った。

怒るか嫉妬するかという反応を期待していた芽衣は、バツが悪そうな表情を浮かべた。

「やめてくださいよ。……私がフラれたみたいじゃないですか」

「由弦さんは胸が大きい女性が好きなので、芽衣ちゃんでは無理ですねぇー」

「む、胸はこれから大きくなりますよ！　成長期ですよ？」

「そうですね。まあ、私が芽衣ちゃんくらいの時はもう少し大きかった気がしますが……」

挑発するように愛理沙は胸を張ってみせた。

一方、芽衣はぐぬぬと憎らしそうな表情で愛理沙の胸を睨みつける。

……最近、また大きくなったのではないだろうか？

同じ親族同士のはずなのに、従姉妹《いとこ》くらい離れるとこうも違いが出るのかと芽衣は自らの遺伝子に対して不満を抱いた。

「で、結局、どんな人がタイプですか？　由弦さん以外なら許しますよ」

「うーん、大人っぽくて優しい人かなぁ……甘えられたり、我が儘《わがまま》を言っても許してくれる人がいいですね」

ついつい背伸びをして、大人びた言動をしてしまうからこそ、子供になれるような相手が欲しい。

芽衣の希望はそんなところだった。

「お父様、いい人、見つけてくれませんかね？」

「……芽衣ちゃんはお見合いしたいんですか？」

「別に恋愛でもお見合いでもどちらでもいいですけど、ただまあ、同年代だと見つけるのは難しいかなぁーと」

もっとも、今から焦る必要もないかもしれませんけどね？

と芽衣は笑った。

彼女はまだ中学一年生。まだまだ時間はたくさんある。

「私としては、やっぱり恋愛をして選んだ方がいいと思いますよ？」

「あれ？　でも、愛理沙さんはお見合いですよね？」

「切っ掛けはそうですけど……でも、由弦さんが好きだからこそ、婚約を結んだわけですからね」

愛理沙はそれなりに身持ちが堅い方だ。

だから「この人、ちょっといいかも……」程度の気持ちで軽々しく恋人にはならないし、ましてや将来の相手を決めたりしない。

他でもない由弦だからこそ、最愛の人だからこそ、由弦を受け入れ、そして結ばれたのだ。

「確かに。お二人はラブラブですから、恋愛結婚と言っても差し支えはないですね」

「まだ結婚はしてませんけどね」

「まだ、ですか」

「いずれしますから」

上機嫌な様子で愛理沙はそう言った。

もっとも、芽衣の目から見ても由弦と愛理沙が破局する未来は想像できない。

それほど二人は上手く行っている。

「でも、私としてはお見合いはアリだと思ってますよ？」

「……そうですか？」

「ええ、手段として。実際、愛理沙さんはそれで優良物件を見つけたじゃないですか」

「それはまあ……でも、偶然ですよ？　好きじゃない人と結婚するかもしれなかったですし……」

今でこそ、愛理沙は養父が自分に結婚を強制するつもりはなかったことを知っている。

しかし当時、愛理沙は結婚しなければいけないと、そう思っていたのだ。

嫌で嫌で仕方がなかったし、憂鬱な気持ちになった。

偶然にも由弦に助けてもらったおかげで、今がある。

由弦がいなかったら……そう考えると愛理沙は非常に恐ろしい気持ちになる。

「私だって嫌な相手と我慢してまで結婚したくはないですよ。でも……ほら、それなりに素敵な人なら、たとえ完璧ではなくとも、妥協して良いかなって……」

ほら、私、社長目指してますし。パートナーには経営手腕がある人を選びたいでしょう？

その辺りを加味すると、お見合いで探すのが一番確実かなって思います。

と、芽衣は笑いながら言った。

確かに女社長を支えられるだけの器を持つ男を、自由恋愛競争市場から見出《みい》だすのは少し難しいのかもしれない。

愛理沙はなるほどと、理解した。しかし……納得はできない。

「でも……政略結婚というのは、やはり良くないんじゃないかなと……」

「そうですか？」

「結婚は一生ものですよ？　家が大事じゃないとはいいませんけど……第一は自分じゃないですか」

家を守ることを否定するつもりはないが、しかしそれは自分自身が幸福であることが大前提であると愛理沙は考えていた。

結婚して後から後悔する……そんな目に遭うのは嫌だし、妹がそうなるのも嫌だった。

「私、家のために結婚するつもりなんて、毛頭ないですよ？」

「……そうなんですか？」

「ええ。私は社長になりたいんです。偉くなりたいんです。だからそれに都合の良い相手を探します。私が、自分が第一ですよ」

きっぱりと、芽衣はそう言い切った。

愛理沙は呆気《あっけ》に取られたが、しかし大きく頷《うなず》いた。

「そうだったんですね！　私、てっきり責任感から背伸びしているのかと……」

愛理沙の目から見ても、従兄《いとこ》に当たる天城大翔《はると》はダメだ。後継者としては不適格だ。

兄がだらしないから、妹である自分が立たなければ！　そんな使命感からいろいろと背負い込もうとしているのではないかと、愛理沙は少し心配していたのだ。

しかしそれは無用な心配だったらしい。

「私、そんな殊勝な子に見えますか？」

「言われてみれば見えないですね」

二人はケラケラと笑い合う。

実際、芽衣は親に従順なように見えて裏では要領良く自由にやっているのだ。

「ああ、そう言えば政略結婚と言えば……先輩が、愛理沙さんの子供は引く手数多だろうとか、言ってましたね」

芽衣の言う先輩とは、由弦の妹、高瀬川彩弓のことである。

「私の子供？　私と由弦さんの子供ですか？　それは……モテるという話ですか？」

「いえ、そうではなくて……高瀬川家と雪城家の子なら、相手に困らないだろうと。容姿も良い子が産まれるだろうとも言ってましたね」

高瀬川家は言うまでもなく名門だ。

そして雪城家も財力を抜きにして、歴史や家柄という観点で言えば、十分以上に名門だ。

だから結婚したがる人は多いだろう……そういう話だった。

「産まれてない子に何を……というのが感想ですかね。千春《ちはる》さん……上西《うえにし》さんにも、同じようなことを言われましたけど」

「そうなんですか？」

「自分の子供と結婚させないかと……そう言われましたよ」

「うわぁ！　まだ産まれてないのにモテモテとは、羨ましい話ですねぇ」

芽衣は目を白黒させる。

正直な話、芽衣は彩弓の話はあくまで冗談だと思っていた。

今時、家柄や財力だけでモテるとは到底、思えなかったからだ。

「冗談じゃなかったんですねー」

「いや、千春さんのあれは冗談だと思いますけどね」

「そうですか？　……でも、実は冗談半分くらいだったりしません？　半分は本気とか」

「……生まれてない子供に？」

「いやー……やっぱり冗談ですかね」

愛理沙と芽衣はケラケラと笑った。

二人は気付いていない。

上西家次期当主、上西千春は軽はずみの冗談でそのような提案をしたりしないのだと。

第三章　婚約者と海水浴

二人が焼肉屋に行ってからしばらく経《た》ったある日。

「若干、遅れたけど。愛理沙《ありさ》、誕生日おめでとう」

「ありがとうございます」

由弦《ゆづる》は約束通り、愛理沙にプレゼントを渡した。

今回のプレゼントはハンドクリームだった。

ハンドクリームならいくらあっても困らないだろうという判断だ。

一応、亜夜香《あやか》たちの意見を聞き、ちゃんとしたメーカーの物を購入した。

「ありがたく使わせていただきます」

愛理沙はそう言ってから……小さく首を傾げた。

「ところで由弦さんの誕生日は……十月ごろ、ですよね？」

「まあ、そうだね」

「つまり私の方が年上……お姉ちゃんですね」

何故《なぜ》かどや顔で愛理沙はそう言った。

由弦は思わず苦笑いを浮かべる。

「……何ですか、その顔は」

「いや、可愛《かわい》いなと思って」

「馬鹿にしてます？」

そう言って頬《ほお》を膨らませ、怒ってみせる愛理沙。

そんなところも可愛らしい。

「しかし誕生日……プレゼント……」

きっと、由弦は自分で働いた——アルバイトをした——お金で愛理沙にプレゼントを買ってくれたのだろう。

そして今日の焼肉も、由弦が働いて稼いだお金だ。

一方で自分は養父母からお小遣いを貰《もら》ってきている。

果たしてこれで良いのだろうか？　と、愛理沙は思った。

もちろん、両親からお小遣いを貰っている高校生は決して珍しいわけではない。

むしろ現代では多数派かもしれない。

だから愛理沙が特別、おかしいということはない。

しかしお小遣いで買ったプレゼントよりも、働いて稼いだお金で買ったプレゼントの方が心が籠もっている……ような気がする。

少なくとも普段から後者の物を貰っている身としては、前者を渡すのは忍びないという気持ちがあった。

(手作りで……いや、でも、そこまで大した物は作れないし……)

手作りという手が浮かんだが、しかし愛理沙はそれを否定した。

マフラー、手袋、セーター。

いろいろと考えられるが、しかしそれを毎年贈っていれば由弦の部屋は編み物だらけになってしまう。

さすがの由弦も「去年のがあるんだけどなぁ……」と苦笑いをするだろう。

(……アルバイト、しようかな)

と、愛理沙が物思いに耽《ふけ》っていると……

「愛理沙。……愛理沙？」

「え、あ、はい！ 呼びましたか？」

由弦に名前を呼ばれ、愛理沙は我に返った。

「いや、ボーッとしてたから」

「ああ、すみません。考え事をしていまして」

「……悩みか？」

「そうですね。でも、大したことではありませんよ」

「……悩みがあるなら聞くけど」

大したことない。

そう言われてしまうと、由弦としては余計に気になってくる。

「えー、でも……」

アルバイトをしてみたい。

という愛理沙の気持ちは、あくまで「してみたい」程度のことだ。

本当にしてみるかどうか分からない。

それに可能であれば、由弦には内緒でこっそりアルバイトをして驚かせてみたいという気持ちもある。

とはいえ、ここで「大したことないですから」と言って何も言わないのは、まるで由弦を信用していないように捉えられかねない。

「……誕生日に由弦さんにどんなサプライズをしようかなと、そういう悩みです」

「あぁー、なるほど。……それなら、まあ」

由弦は思わず苦笑した。

サプライズの内容を、当の相手に相談しても何の意味もない。

由弦は素直に納得し、引き下がることにした。

「そう言えばそろそろ夏季休暇ですが……何とか間に合いましたね、ダイエット」

「そうだね」

由弦は自分の腹に触れながら頷いた。

焼肉を食べた後も気を抜かず、しっかりと運動と食事制限を続けた結果、ダイエットにありがちなリバウンドは起こらなかった。

少なくとも由弦は以前よりも、自分のお腹《なか》が引き締まったことを感じていた。

「愛理沙のおかげだ。ありがとう」

「いえ、そんな……私も由弦さんと一緒だから頑張れましたし……」

そんなことを言う愛理沙だが、しかし愛理沙がいなければここまでの成功はなかったと由弦は考えている。

運動だけならともかく、食事制限などは愛理沙の協力のおかげだった。

「何かお礼をしたいんだけど、どうかな？」

「お、お礼、ですか？　う、うーん……」

「して欲しいこととか。あるかな？　……肩でも揉《も》む？」

「そうですね。あー、でも……」

ふと、愛理沙は何かを思いついたらしい。

しかし彼女はすぐに頬を赤らめ、首を左右に振った。

「いえ、やっぱり何でもないです」

「その様子だと、して欲しいことがあるんじゃないか？」

「い、いや、別に……」

「もしかしてキスとか？」

冗談半分で由弦はそう言った。

しかしそれに対し愛理沙は体を硬直させ、そして顔を真っ赤に染めた。

「ど、どうして……」

「……図星だったのか」

由弦は少し驚いたが、しかしすぐに気を取り直し、愛理沙に近づいた。

「どんなキスがいい？」

「い、いや、で、でも……」

「こんなチャンス、滅多《めった》にないぞ？」

由弦は愛理沙の耳元でそう囁いた。

もっとも、愛理沙が頼めば由弦はいつでも応えるので、チャンスはいつでもあるのだが
……。

「じゃ、じゃあ……その……」

「うんうん」

「えっとですね……その……ハグをして欲しいんです」

「……ふむ？」

ハグ。

つまりお互いに抱きしめ合う行為だ。

とはいえ、それくらいなら毎日……とは言わないが、それなりに何度もしている。

そもそも接吻《せっぷん》でも何でもない。

「まあ、君がそれで良いと言うならいいんだが……」

「ま、待ってください。その、普通のハグじゃないんです」

「ほう……？」

そもそもハグ――抱きしめる行為――に種類があるという発想がなかった由弦は少しだけ困惑する。

「……後ろから、して欲しいんです」

「後ろから？　……背後からってことか？」

「は、はい」

なるほど、愛理沙と抱きしめ合う時は、大抵は正面からだった。

背面から抱きしめるようなことはあまりしたことはない。

「それくらいなら、お安い御用だ」

背後からも正面からも変わらないのでは？

と由弦は思ってしまうが、しかし婚約者にとっては少し趣が違うらしい。

何にせよ、愛理沙が嬉しいのであれば何でもよい。

「座ってする？　立ってする？」

「そうですね……じゃあ……立ってしましょう」

愛理沙はそう言うと立ち上がった。

そしてゆっくりと、背中を向けた。

愛理沙の小さく、華奢《きゃしゃ》な背中と肩が由弦の目の前に現れる。

「お、お願いし……あっ」

愛理沙が言い切るよりも早く、由弦は後ろから抱擁した。

ゆっくりと力を入れて、胸元に手を回し、愛理沙の体を引き寄せるように、同時に自分の体を愛理沙に密着させるように抱きしめる。

すると、丁度自分の口元の近くに愛理沙の白い耳があった。

「愛理沙」

由弦がそう囁《ささや》くと、愛理沙の体が僅かに震えるのを感じた。

「は、はい……」

「好きだ。……愛してる」

そう言ってから、愛理沙の耳に軽く接吻をする。
すると愛理沙の体から力が抜けた。
後ろへと、由弦の方へと体重を預けてきた。
由弦はゆっくりと、愛理沙を座らせる。
それから由弦は美しい髪に唇を落とす。
次に頬、そして再び耳に軽くキスをする。
「こんな感じでいいかな？」
「……はい」
こくりと、愛理沙は小さく頷《うなず》いた。
それからゆっくりと、愛理沙は天井を見上げるように、頭を逸《そ》らした。
翡翠色《ひすいいろ》の瞳の中に、由弦の顔が映る。
「……由弦さん」
甘えるように。
ねだるように。
愛理沙は由弦の名前を呟《つぶや》いた。
愛理沙の意図を理解した由弦は……
その額に優しく唇を落とした。

愛理沙が小さな声を上げる。
喜びと、ほんの少しの不満が籠もったような声だ。
由弦は思わず笑みを浮かべる。
そして……
不満の声を漏らした唇に、自分の唇を重ね合わせた。
ビクッと愛理沙の体が震える。
時間にして、十秒ほどし……
由弦はゆっくりと、唇を離した。
接吻を終えた後の愛理沙は、どこか夢心地の表情だった。
焦点の合っていない瞳で、ぼんやりと由弦の顔を見上げている。
「これで良かったかな？」
由弦は愛理沙にそう問いかけた。
すると愛理沙は赤らんだ頬《ほお》のまま……
こくりと。
小さく頷いた。

「んっ……」

※

「んっ、由弦さん……」

キスを終え、由弦が離れようとすると……

愛理沙はきゅっと、由弦の服を軽く摑《つか》んだ。

「どうした、愛理沙」

「その、もう少し……」

恥ずかしそうに、もじもじしながら愛理沙はそう言った。

そんな頼み方をされてしまうと、由弦はもう逆らえない。

「……もう一回、する？」

「……」

由弦の問いに対し、愛理沙は何も言わず……

しかし小さく頷いた。

それから上を向き、目を瞑《つぶ》る。

由弦はゆっくりと、そんな愛理沙の唇に自分の唇を近づけて……

プルプルプルプル!!

「ん？」

「あ、私です」

唐突に着信音が鳴った。

愛理沙は慌てた様子で、携帯をポケットから取り出した。

画面には「橘《たちばな》亜夜香」と出ている。

「亜夜香さんからです。出ますね」

「どうぞ、どうぞ」

愛理沙は由弦に一度断ってから、電話に出た。

「はい、もしもし。えっ、いえ……別に大丈夫ですよ。ゆ、由弦さんと……？　え、ええ、まあ……」

もしもし、今、時間大丈夫？　もしかして、ゆづるんとデート中だったりしない？

そんな幻聴が由弦の耳に聞こえてきた。

愛理沙の反応からして、由弦の幻聴はさほど真実から遠いということでもなさそうだ。

「はい、はい。予定ですか？　えっと、待ってください。その日は……」

予定を聞かれたらしい。

おそらく、遊ぶ約束だろう。

ところで、ふと由弦は気付いた。

愛理沙は由弦の膝の中で、電話をしているのだ。

「はい、その日は大丈……あっ」

試しに由弦が愛理沙のうなじを撫《な》でると、愛理沙は小さな声を上げた。

少し色っぽい声だ。

「だ、大丈夫……で、ですよ。はい、両方とも……ん、そ、それで、ど、どこに……？　あう……」

少し面白くなってしまった由弦は、愛理沙の脇腹を軽く突いたり、髪を撫でたりしてみる。

軽く太腿《ふともも》を撫でたところで……愛理沙に睨まれる。

が、片側の耳に息を吹きかけると、気の抜けたような声と共に目尻が緩くなった。

「な、なるほど……んっ……い、行きます。ひぅ、え、あっ……ゆ、由弦さんも？　は、はい。こ、今度会ったら、聞いて……い、いないですよ？　ま、まさか……んっ……」

そう言いながら、愛理沙は振り返り、由弦の方を見た。

怒ったような、困ったような、そんな顔だった。

由弦が軽く手を出すと……

愛理沙は少し迷った様子を見せてから、由弦に携帯を差し出した。

「もしもし、愛理沙の婚約者の高瀬川《たかせがわ》です」

『あのさ、薄い本みたいなことやめてくれない？』

ゲラゲラと笑いながら亜夜香はそう言った。

由弦も釣られて笑う。

一方の愛理沙は恥ずかしそうに、由弦の膝の中で縮こまっていた。

可愛《かわい》らしい。

「いや、愛理沙が面白くて……いたっ……」

『どうしたの？』

「いや、何でも……」

由弦は視線を少し下に向ける。

すると愛理沙は由弦の足の皮膚を指で摘み、軽く引っ張っていた。

地味に痛い。

『まだやってるの？　まあ、いいけど。本題から入ると、泊まりで海に行かない？　って話ね。うちの別荘、あるでしょ。あそこね』

「あぁー、中学生の時に行ったところな」

『そうそう』

『とりあえず、私と千春《ちはる》ちゃん、宗一郎《そういちろう》君は来る。天香《てんか》ちゃんと、良善寺《りょうぜんじ》君には千春ちゃんと宗一郎君が……』

『来るそうですよ』

『来るってさ』

『来るだって』

後ろから千春と宗一郎の声が聞こえてきた。

会話の流れから察するに、今のところ参加表明をしていないのは由弦だけらしい。

「日付は？」

由弦が問いかけると、すぐに亜夜香は答えてくれた。

幸いにもその日は大丈夫だった。

それを伝えると……

『じゃあ、ゆづるんもということで。基本的に必要な物はこっちで用意するけど……あっ』

「どうした？」

『ん、な、何でもない。え、えっと……そ、そう、水着ね。水着は必須で……ぁっ、あ、あと、みんなで見る映画とか、そ、そういうのは、ひ、一つずつ、分担して持ってきてもらおうかなって……んん！』

時折、艶《なま》めかしい声が交じる。

合わせて、背後から男女の小さな笑い声。

『と、とりあえず、あとで連絡するから！　じゃ、じゃあ!!』

やや強引に電話を切られた。

「……終わりました？」

少し恥ずかしそうに髪を弄《いじ》りながら、愛理沙は由弦にそう問いかけた。

由弦は頷く。

「ああ、終わった。ところで……」

「はい」

「続き、する？」

由弦がそう問いかけると……

「きょ、今日は……もう、大丈夫です」

フラれてしまった。

由弦は肩を竦める。

※

広い空、青い海、白い砂浜。

照りつける太陽の下に由弦はいた。

「本当に良いところを持っているな」

水着——海水パンツだけ——を身に纏《まと》った由弦は、感心した表情でそう言った。

ここは由弦の幼馴染《おさななじ》みである、橘亜夜香の家が私有しているプライベートビーチだ。

近くに別荘も存在する。

由弦は愛理沙と共に誘われ、遊びに来たのだ。

「俺は正直……好きじゃないんだがなぁ、海は」

ポツリと呟くように言ったのは、佐竹《さたけ》宗一郎だ。

当然彼も亜夜香に誘われて来ている。

「どうして嫌いなんだ？」

同じく由弦の友人、良善寺聖《ひじり》が宗一郎にそう尋ねた。

宗一郎は小さく肩を竦める。

「砂で汚れるし、髪の毛は傷むし、水はしょっぱいし、溺れると危険だし……プールの方が良くないか？」

「じゃあ、どうして来たんだ？」

「……亜夜香や千春が来るのに俺が来ないわけにはいかないだろう」

聖の問いに宗一郎は少し複雑そうな表情で答えた。

おそらく、幼馴染みたちに強引に説得される形で来たのだろう。

「それにまあ、好きじゃないだけで、絶対に嫌というわけじゃない。……友達と一緒なら、まあ、良いかなと」

少し照れ臭そうに宗一郎は言った。

海は好きではないが、友人たちと一緒にワイワイするのは好きということだろう。

もっとも宗一郎のデレなど、由弦と聖からするとどうでも良いことだ。

そのため二人の反応は少々、微妙な物だった。

「そう言えば、由弦。お前……結構、仕上がってるじゃん」

何となく空気が微妙になったことを感じたのか、話題を切り替えるように宗一郎は由弦にそう言った。

仕上がっているとは一体なんのことかと一瞬思った由弦だが、すぐに自分の〝体〟のことだろうと察した。

「そう言えば。……お前、太ったって言ってなかったか？」

「そうだよ。だから痩せたんだ。……大変だったぞ」

聖の問いに由弦は答え、そして軽く腹筋に力を入れてみた。

以前は余分な脂肪があったが、今はすっかり削ぎ落とされている。

「へぇ……食事制限とかしたのか？」

「白米の代わりに千切りキャベツとブロッコリーだったなぁ……」

「……よく耐えられたな」

「耐えられたというか、愛理沙に管理されたというか……」

「「あぁ……」」

こいつ、やっぱり尻に敷かれてるんだな。

と、宗一郎と聖からは少し呆《あき》れた表情で見られる。

「……女共、遅いな」

誤魔化《ごまか》すように由弦はそう呟《つぶや》いた。

すると同意するように宗一郎と聖は頷《うなず》いた。

「全くだ」

「どうせ、しゃべくってるんだろ」

と、そんな話をしていると……

「いやぁ、ごめん。遅くなっちゃった」

元気そうな声が聞こえてきた。

声のする方を見ると、亜夜香が手を振っている。

その後ろには愛理沙や千春、天香の姿もあった。

「天香さんが我《わ》が儘《まま》を言ったせいで、遅くなっちゃったんですよ」

「……人の所為にしないで」

呆《あき》れた表情の千春に、少し怒った表情の天香。

どうやら、少し揉《も》め事《ごと》があったらしい。

「お待たせしました、由弦さん」

愛理沙は由弦の前でそう微笑《ほほえ》んだ。

すでに愛理沙は水着を身に纏っている……ようだった。

断定できないのは、ラッシュガードを着込んでいるからだ。

前までしっかりと閉めているので、肝心の水着は見えない。

「いや……別に大して待ってないよな？」

由弦は宗一郎と聖に尋ねた。

二人は大きく頷いた。

「ああ、全くだ」

「女子が男子よりも多少時間が掛かるのは、仕方がないことだからな」

ここで待っただの遅いだのと言えば、女性陣四人を敵に回すことになる。

由弦も宗一郎も聖も、そのあたりの道理は弁《わきま》えていた。

「いや、着替えはすぐに終わったんだけどね？　天香ちゃんが水着になるのは嫌って言うからさぁ……」

自然と由弦たちの視線が天香に集まる。

彼女は上にラッシュガードと、下にサーフパンツを穿いていた。

おそらく、下に水着は着ているのだろうが……

愛理沙よりもガードが固い。

「別に嫌とは言ってないわよ。ただ……段取りがあるの、段取りが」

どうやら亜夜香と千春が、天香のガードを剝《は》がそうとしたことが、遅刻の原因だったようだ。

「へぇ……じゃあ、開放的な気持ちになったら、脱ぐの？」

「……ちょっと、そういう言い方はやめてよ」

亜夜香と天香は再び揉《も》め始めた。

一方、由弦は彼女たちの服装を観察し……興味深いことに気付く。

（当たり前だけど、性格とか、趣味が出るんだな）

天香はラッシュガードと、サーフパンツで肌を隠している。

愛理沙はラッシュガードだけで、下半身は隠していないが……上半身のガードは固い。

一方で千春はラッシュガードを軽く羽織っただけだ。

ブルーのフリル付きのビキニを着ていることが、しっかりと確認できる。

彼女はフリルがついた、可愛らしいタイプの水着が好きだということが分かる。

肌を晒《さら》すことへの羞恥心も、愛理沙や天香よりは薄いのだろう。

そして亜夜香はパープル色のビキニだけ。

ラッシュガードのような肌を隠す物は一切身に着けていない。

羞恥心がない……というよりは、自分のプロポーションに自信があるのだろう。

……そうでもなければ、紫色のビキニなど選ばない。

「まあまあ、天香さんについては後で脱がすにして……これからどうします？」

「……取《と》り敢《あ》えず、しばらくは自由行動で良いんじゃないですか？　各々、水に慣れるまでのペースもあると思いますし」

チラッと愛理沙は由弦の方を見た。

どうやら、愛理沙は由弦に対して少し用件がある様子だ。

「あー、うん、そうだねー。じゃあ……取り敢えず、一時間後に集合にしようか。……その頃までには天香ちゃんも開放的な気持ちになってるだろうし」

「だからそういう言い方は……！」

天香が抗議する間もなく、亜夜香は千春と宗一郎を連れて去ってしまった。

「俺たちも行くか、愛理沙」

「はい、そうしましょう」

由弦は愛理沙の手を握り、その場から立ち去る。

そして……

「……どうする？」

「どうするか……」

聖と天香の二人だけが、その場に残された。

※

「それで愛理沙。……何をしようか？」

「そうですね。ここからなら……あー、いえ、あっちの岩陰に行きましょう」

愛理沙はそう言って大きな岩を指さした。

そして同時にそっと、由弦の腕に自分の腕を絡めてきた。

柔らかい感触が由弦の腕に触れる。

「……何をするんだ？」

「……お願いしたいことがあるんです」

愛理沙の返答に由弦は少しだけ胸を高鳴らせる。

夏、水着、二人きりじゃないとできないこと……となれば、由弦にも少し心当たりがあった。

「ここなら、誰にも見られたりはしないと思うけど……」

「何をするんだ？」

と、逸《はや》る気持ちを抑えつつ、由弦は愛理沙に尋ねた。

愛理沙は仄《ほの》かに赤らんだ表情で頷いた。

「……本当は一人でできればいいんですけど、一人だと難しそうなので」

愛理沙はそう言いながら……

ガサガサと、持って来ていたバッグに手を入れた。

そして取り出したのは小さなボトルだった。

中には何らかの液体が入っている。

「日焼け止め、か」

「は、はい。……恋人同士なら、その、普通、ですよね？」

愛理沙はそう言いながら、由弦に押し付けるように日焼け止めクリームの入ったボトルを渡す。

「普通か……何をどうするのが、普通なんだ？」

由弦が笑みを浮かべながらそう尋ねると、愛理沙は恥ずかしそうに視線を逸らす。

「も、もう……意地悪しないでくださいよ」

「いや、言ってくれないと……分からないなぁ」

「……もう」

愛理沙は眉を上げ、冗談交じりの怒った表情を浮かべながら……

肌を薔薇色《ばらいろ》に染め、言った。

「背中……届かないので、塗ってください」

由弦は目を大きく見開き、それからしばらく考えてから大きく首を縦に振った。

「分かった」

「……ありがとうございます」

愛理沙もまた頷く。

そして……

「そ、その……由弦さん」

「えっと……どうした？」

「ぬ、脱げないです」

唐突に愛理沙はそんなことを言い出した。

最初は「ここまできて急に恥ずかしくなってしまったのか……？」と疑問に思った由弦だが……

「その……お願いできませんか？」

愛理沙に上目遣いで見られ、ようやく気付く。

愛理沙は由弦に脱がせて欲しいのだ。

「き、君は……大胆になったな」

自然と由弦の視線が愛理沙の肢体へと向かう。

ラッシュガードは丈が少し長いためか、下半身の水着までしっかりと隠している。

しかし白く長い足、太腿《ふともも》は隠せていない。

上半身については完全に隠れてはいるが……

しかし大きく胸元が膨らんでいて、そこにはたわわに実った果実があることを感じさせる。

この下には愛理沙の美しい肢体が隠れているのだ。

……もちろん、水着は着ているため全裸ではないのだが。

「し、知りません」

由弦の呟きに対し、愛理沙は恥ずかしそうに目を逸《そ》らした。

一方、由弦はゆっくりと愛理沙に近づく。

「じゃあ、脱がすよ」

「……はい」

由弦は愛理沙が着ているラッシュガードのファスナーを摘んだ。

そしてゆっくりと、下へとおろす。

先んじて見えるのは鎖骨。

次に白く美しいデコルテ。

水着に包まれた大きな果実が開放される。

それからほっそりとしたお腹《なか》、可愛《かわい》らしいお臍《へそ》。

そして最後に三角形の布地が姿を現した。

「……その、最後まで」

「ああ」

由弦は頷き、ラッシュガードを肩から取り外した。

愛理沙の肩は小さくて白く……そして仄かに赤らんでいた。

「その、由弦さん……」

愛理沙は腕を後ろへ回し、ちらっとこちらを上目遣いで見上げた。

「似合ってる。綺麗《きれい》だよ」

「……どんな風に、ですか？」

「……セクシーかな？」

今回の愛理沙の水着は、赤い三角ビキニだった。

レースのように体を隠すような物はなく、小さなリボンだけがある、シンプルなデザインだ。

タイサイドビキニ、いわゆる紐《ひも》ビキニに該当するもので……面積は少し小さい。

愛理沙にしてはかなり攻めている。

赤いビキニは愛理沙の白い肌をより強調し、艶っぽく見せている。

セクシーと表現するのが、一番適切なように思えた。

「や、やめてくださいよ。そんな……」

愛理沙は少し恥ずかしそうに両手で体を隠した。

その顔はビキニと同じく赤らんでいるが、しかし嫌がっているようには見えない。

むしろ嬉しそうだった。

「……前から思っていたけど」

「……何でしょう？」

「君は服のセンスはそこそこ……大胆だね」

今回は赤、以前は黒。

どちらもビキニで、愛理沙の性格と反して大胆なものだ。

水着だけではなく、愛理沙は意外と……

その肢体を強調するような私服を着ることが多いように思われた。

「や、やめてください……そういう言い方は……そういうのが趣味みたいじゃないですか」

「違うの？」

「ち、違いますよ！」

由弦が冗談半分で聞き返すと、愛理沙は少し怒った口調で言い返した。

「ただ……こういうやつの方が、似合うんじゃないかなと……思ってるだけです」

「まあ、確かに。君は……可愛いよりも綺麗、子供っぽいものよりも大人っぽいものの方が、似合うね」

そもそも愛理沙は素晴らしいプロポーションの持ち主だ。

それを活《い》かさないのはあまりにも勿体《もったい》ない。

「でもさ……見られるのは、少しいいなと思ったりはしない？」

由弦も筋トレをやったりするだけあり、鍛えた物を見られて「すごい」と思われるのは……悪い気はしない。

愛理沙は女の子なので、男の由弦とは感覚が全く違うのかもしれないが……

多少なりとも優越感を覚えたりはしないのか？　と由弦は愛理沙に尋ねた。

「ま、まさか！　……恥ずかしいだけです」

「だったら……」

「今回はパレオを持って来てますから。……見せるのは由弦さんだけです」

「それは良かった」

由弦は少しだけ安堵《あんど》した。

というのも、水着の面積が〝基準〟よりも小さいのではないかと感じていたのだ。

特に下半身を隠している部分はより際どい。

こんな姿を――友人とはいえ――他の男にも見せるつもりなのか……

と内心で全く思わないこともなかったのだ。

「上はラッシュガードを羽織ってくれ」

「は、はい。……亜夜香さんと千春さんが許してくれたら、ですけど」

確かにあの二人はうるさそうだと、由弦は苦笑した。

とはいえ、交渉の余地はある。

後で「男と女で分けよう」とでも、提案すれば良いのだ。

女同士で見せ合う分は特に問題はない。

愛理沙にとっては分からないが。

「ところで……愛理沙。俺に見られるのは……どう？」

「え？」

由弦に問われ、愛理沙は声を上げた。

「い、言わないと……ダメですか？」

「ダメ」

由弦はそう言って愛理沙との距離を詰めた。

そして愛理沙の小さな肩を摑む。

至近距離だと恥ずかしいのか、愛理沙は由弦の下半身・胸板・顔を交互に何度も見る。

「ゆ、由弦さんに見られるのは恥ずかしいです……けれど……」

「けれど……？」

「う、嬉しいです。こ、これ以上、言わないと……ダメ、ですか？」

愛理沙は許しを乞うように、由弦にそう言った。

そんな言い方をされると由弦はもっと意地悪をしてしまいたくなるが……しかしあまりイジメすぎて、拗《す》ねられても困る。

「そうか。正直に言えて……偉いね」

由弦はそう言って愛理沙の頭を撫《な》でる。

一瞬、心地よさそうに目を細める愛理沙だが……すぐにハッとした表情になり、由弦を見上げた。

そしてジト目で睨《にら》む。

「随分と……上から目線ですね」

ちょっと怒った様子を見せる愛理沙。

由弦は思わず微笑《ほほえ》んだ。

「愛理沙」

「え、ちょっと……」

由弦はそっと愛理沙を自分の方へと引き寄せ……

ゆっくりと唇を近づける。

愛理沙は目を瞑り、顎を自分から上へと上げた。

唇に接吻《せっぷん》してくださいと、言わんばかりだ。

由弦はそんな愛理沙の額に唇を軽く落とした。

「あっ……」

嬉しそうな、少し残念そうな愛理沙の声。

「唇が良かった？」

「……違います」

照れ隠しからか、愛理沙はプイッと顔を背けた。

由弦はそんな愛理沙の頬《ほお》を指で軽く突いた。

「……さて、愛理沙」

「……何ですか？」

不機嫌ですよ？　とでも言いたそうな愛理沙に対し、由弦は言った。

「そろそろ……塗ろうか」

由弦の言葉に愛理沙は目を大きく見開き……

そして顔が一瞬で真っ赤に染まった。

※

「そろそろ……塗ろうか」

少し緊張しながら由弦がそう言うと、愛理沙は顔を赤らめながらも小さく頷《うなず》いた。

それから愛理沙はバッグの中からレジャーシートを取り出す。

「じゃあ、その……レジャーシート、敷きましょう」

砂地にシートを敷き、その上に座り込む。

いわゆる、女の子座りという座り方だ。

「……むっ」

思わず由弦は声を上げてしまった。

愛理沙が素晴らしいプロポーションの持ち主であることは元々知っていたし、そして色っぽいビキニを身に纏《まと》うことで、その魅力が何倍にも引き上げられていたことは分かっていた。

しかし由弦が先ほどまで見ていたのは、愛理沙の〝正面〟だけだ。

(……愛理沙はこれ、気付いているのか?)

水着に収まっているとは言えない臀部《でんぶ》に視線を向けながら、由弦は思った。

白く大きなお尻に対して、水着がかなり窮屈そうに見えた。

「……由弦さん？」

「あぁー、いや、見惚れていただけだよ」

愛理沙に声を掛けられ、由弦は慌てて視線を愛理沙の背中へと移す。

何となく、見てはいけない物を見た気分になったからだ。

「も、もう……やめてくださいよ……」

一方で愛理沙は恥ずかしそうにそう言った。

気付いているのか、気付いていないのか、どちらかと言えば気付いていなそうだった。

もし気付いているなら、もう少し隠そうとするだろう。

「と、とりあえず、もう始めていいかな？」

早く済ませなければ理性が持ちそうにない。

そう判断した由弦は愛理沙にそう提案した。

「あ……待ってください」

「……どうした？」

「えっと、その……」

愛理沙は少し言《い》い淀《よど》みながら、ゆっくりと手を自分の背中へと回した。

そして首と背中の部分にある、紐を指で摘んだ。

ドクッと、由弦の体内の血流が速まった。

「よく、映画とかドラマでは……こうしてますよね？」

そう言いながら愛理沙は紐を軽く引っ張った。

紐が解ける。

「こ、こうした方が、由弦さんも……塗りやすいですよね？」

「そ、そう……だね」

由弦は一応、同意の言葉を口にした。

しかし本当は「あまり変わらないだろう」というのが本音だ。

紐があろうと、なかろうと、愛理沙の白い背中の面積はそう変わらない。

意味のない行為だ。

しかし不思議なことに、由弦はとてもドキドキしてしまった。

「では……そ、その、由弦さん。あらためて……お願いします」

「ああ、分かった」

由弦は頷き、掌に日焼け止めクリームを乗せてから、軽く伸ばす。

そして目の前の婚約者……その肩に目を向けた。

真っ白い、すべすべとした肌。

それが太陽の下で無防備に晒されている。

日焼けをすれば酷《ひど》いことになってしまうだろう。

この肌を守ることが由弦の使命……

と、そう考えると何だか由弦は重大な責任を負っているような気がしてきた。

適当には済ませられない。

由弦は緊張しながら愛理沙の肩に手を置いた。

「ひゃん！」

「うわっ！」

突然、愛理沙が妙に艶っぽい悲鳴を上げた。

由弦の血流がさらに速くなる。

「ど、どうした？」

「す、すみません……冷たくてびっくりしました」

「そ、そうか……うん。次は一声掛けてからにしよう。……じゃあ、再開するから」

「はい」

再び由弦は愛理沙の肩に触れた。

ビクッと愛理沙は体を震わせる。

愛理沙の肌はすべすべとしていて、出来物や腫れ物のようなものは一切なかった。

そのため由弦の手もスムーズに進む。

肩から背中、背中から腰へと手を動かす。

しかし……

「あっ……く、擽《くすぐ》ったいです……」

「ご、ごめん」

時折、愛理沙が艶っぽい声と共に、身動《みじろ》ぎする。

そのたびに由弦の心臓は飛び跳ね、理性がゴリゴリと削られていく。

そして同時に……ある疑念が由弦の中に浮かんだ。

「……あのさ、愛理沙」

「あン……何でしょうか？」

「もしかして、わざとやってる？」

「……何のことでしょうか？」

返答までに僅かな間があった。

由弦は確信した。

わざとだ。

（……まあ、言い出しっぺは愛理沙だし、ね）

元からこうするつもりで由弦に塗ってくれと頼んだのだ。

由弦は愛理沙の掌の上で踊っていたことになる。

由弦としては、最愛の婚約者に踊らされるのは決して嫌ではない。

しかし踊らされたままというのは、婚約者としては少し癪《しやく》に障った。

「いや、気のせいならそれでいいんだ」

由弦はそう言いながら愛理沙の臀部へと、手を滑らせた。

「ひぅ……」

突然の刺激からか、それともやはりわざとか……

愛理沙が小さな声を漏らした。

「……大丈夫か、愛理沙」

「はい。……何でもありません」

愛理沙は特に気にした様子もなく――そう装いながら――答えた。

由弦も無言で肌にクリームを塗る作業を続けていく。

（……日焼けすると大変だろうしな）

由弦は内心でそんな言い訳をしながら、手を下へと伸ばしていく。

太腿《ふともも》や内股に触れると、愛理沙は擽ったそうに小さく喘《あえ》いだ。

気が付くと愛理沙の肌は少しだけ赤くなっていた。

「……ありがとうございました。もう、大丈夫です」

十分に塗り終えたと判断したのか、それとも耐えきれなくなったのか……

足の指先まで塗り終わったタイミングで愛理沙はそう言った。

「……前の方は自分で塗ります。あっち、向いてもらえますか？」

「あ、あぁ……」

少し残念に思いつつも、由弦は後ろを向いた。

しばらくして振り返ると、しっかりと水着を着込んだ愛理沙が立っていた。

クリームによって肌が艶《なま》めかしく光っている。

「じゃ、じゃあ……そろそろ遊びに行こうか」

由弦が目を少し逸《そ》らしながらそう言うと……愛理沙は首を左右に振った。

そして僅かに笑みを浮かべながら言った。

「まだ……由弦さんに塗ってないじゃないですか」

「まだ……由弦さんに塗ってないじゃないですか」

愛理沙の言葉に由弦の心臓が僅かに跳ねた。

しかし由弦は残念な気持ちになりながらも、首を左右に振った。

「もう、塗り終わっちゃってるから……」

実はすでに自分で塗ってしまっている。

背中は宗一郎と聖に塗ってもらっていた。

しかし由弦の言葉に対し愛理沙は首を左右に振った。

「二度塗りしちゃダメなんて決まりはないですよ？」

「それはそうだけど……」

「それとも……いや、ですか？」

少し寂しそうな表情で愛理沙はそう言った。本音かそれとも演技かは分からないが、しかしそんな表情をされたら由弦は首を縦に振らざるを得ない。

「……分かったよ」

由弦は愛理沙に背中を向けた。すると後ろから日焼け止めクリームを掌に出す音が聞こえてきて……

「じゃあ、塗りますね」

そんな言葉と共に背中にひんやりとした感触がした。

愛理沙はゆっくりと、由弦の背中にクリームを広げていく。

「広くて、硬くて……少しゴツゴツしてますね」

背中、肩、首と愛理沙はクリームを塗ってくれた。

そして……

「うわっ！　あ、愛理沙……!?」

「前側も……塗らないと、ですよね」

愛理沙は由弦の背中に抱き着きながらそう言った。

そしてその両腕を由弦の正面へと回してきた。

「い、いや……前は自分で……というかすでに塗ってあるというか……」

「……ダメ、ですか？」

由弦の耳元で悲しそうな声がした。

そんな声を出されると由弦は首を縦に振るしかなくなる。

「分かったよ……」

「ありがとうございます」

愛理沙は由弦の胸板にペタペタと触る。

「ここも広くて分厚いですね。私のとは……全然違います」

「……あのさ、愛理沙」

「どうしました？」

「そんなにくっつく必要、あるかな？」

愛理沙は由弦の背中へと、ぴったり体を合わせていた。

必然的に愛理沙の柔らかい胸が、水着越しとはいえ由弦の背中に貼りついていた。

「こうしないと手が届かないんです。……わざとじゃないですよ？」

「……そうかな？　その割には随分と、その、動かしているようだけど」

愛理沙は手を動かすのと同時に、体も動かしていた。

そのたびに由弦の背中の上を、柔らかい感触の物体が動いていた。

「……わざとじゃないですよ？」

わざとじゃない。そう言い張る愛理沙。しかしあまり説得力が感じられない。

「……本当に？」

由弦は改めて問いただす。

「本当じゃないとしたら……ダメ、ですか？」

すると愛理沙は開き直ってきた。

ダメか、ダメじゃないかと聞かれたら……

「いや、ダメじゃないけどさ……」

「じゃあ、いいじゃないですか」

「……」

やり込められたなと由弦は感じながら、愛理沙にクリームを塗られ続けた。

「ふぅ……終わりました」

クリームを隅々まで塗り終えると、愛理沙は由弦から離れた。

由弦は立ち上がり、愛理沙の方へと向き直る。

愛理沙の面積の小さい水着は、日焼け止めクリームによって濡《ぬ》れていた。

由弦の背中に押し当てていた証拠だ。

「……そう言えば、愛理沙」

「……何でしょうか？」

「俺はまだ、愛理沙の前は塗ってないよね」

仕返しのつもりで由弦は愛理沙にそう言った。

すると愛理沙は赤らんだ顔のまま、首を左右に振った。

「い、いえ……前は自分で塗りましたし……」

「俺はそもそも前も背中も自分で塗っていたけどね。……二回塗っちゃいけない理由はないだろう？」

少なくとも愛理沙はそういう理由で由弦を丸め込んだのだ。

もう塗り終わったは通用しない。

由弦は前を塗られたのだから、愛理沙もそうされなければ平等ではない。

「じゃあ、愛理沙。そこに座ろうか」

由弦はニコニコと笑みを浮かべながら、愛理沙の肩に手を置いた。

強引に座らせようとするが、しかし……

「そ、そんなことより、早く遊びに行きましょう！」

愛理沙は由弦の手を振り払うと、走り出してしまった。

由弦は慌てて愛理沙の後を追う。

「こら、愛理沙!!　待て！」

「悔しかったら捕まえてみてください！」

二人は鬼ごっこを開始した。

※

「由弦さん！」

ポン、と愛理沙はボールを空に打ち上げた。

同時に愛理沙の胸が上下に揺れる。

集中力が途切れた由弦は自分に向かってきたボールを取り落としてしまった。

「あぁー、すまない、愛理沙」

すまない、すまない。

チョップをするような仕草で由弦は愛理沙に謝罪する。

一方、愛理沙は怒った様子で眉を顰《ひそ》めた。

「由弦さん！　胸じゃなくてボールを見てください！」

「は、はい」

バレていた。

鬼ごっこ？を終えた由弦と愛理沙は、次に海の中でビーチボールを使って遊んでいた。

水深は腰より少し上くらいだ。

波打ち際だと、さすがに海で遊んでいる感じがしない。

しかしあまり深いところでは危険――特に泳ぐのがあまり得意ではない愛理沙は――と判断した。

さて、由弦はヘラヘラと謝りながら、落ちたボールを拾ってきた。

そんな由弦に対して愛理沙は腰に手を当てながら、説教を始めた。

「全く、もう少し真面目に……というのは、まあ、おかしな話ですけれど……」

真面目にボール遊びをしろ。

というのは何だかおかしな話だと、愛理沙は自分で口にしてから言葉を濁す。

「由弦さんはボールで遊ぶより、私の胸を見る方が楽しいんですか？」

ちゃんと一緒に遊んでよ。

という意味を込めて愛理沙は由弦にそう言った。

一方で由弦は思わず頰《ほお》を搔《か》く。

「そりゃあ……ボールよりも、愛理沙の方が好きなんだから当たり前じゃないか」

「なっ……」

由弦の言葉に愛理沙は頰を赤らめた。

愛理沙の方が好きだから。

そう言われると愛理沙は由弦に強く言い返せなくなってしまう。

「い、言い直します。私と遊ぶよりも、私の胸を見る方が楽しいんですか⁉」

騙《だま》されませんからね？

というように愛理沙は由弦をそう問い詰める。

一方で由弦は腕を込み、考え込む。

「う、うーん……」

「い、いや、そんなに真剣に悩まなくても……」

冗談半分だったのに……

と、愛理沙は少し申し訳ない気持ちになる。

「両方が一緒に楽しめるから、最高なんじゃないかなと思うんだ」

「カツカレーじゃないんですから」

「今の返し、上手《うま》いね」

由弦がそう言って笑うと、愛理沙は小さくため息をついた。

「やっぱり由弦さんは……私の体が目当てなんですね」

「い、いや、まさかそんな……」

「私の内面なんか、どうでも良くて、私の顔と体が好きなんですよね。そうですよね、私なんて……」

「愛理沙！」

由弦は愛理沙の小さな肩を摑《つか》んだ。

ビクッと愛理沙は体を震わせる。

「俺は君の……頑張り屋で、気配りができて、優しく、少し意地っ張りなところが好きだ。……君の体が魅力的なのは、まあ、否定はしないが、しかしそれは好きな人の体だから、そう感じるんだ」

愛理沙の体が好きだから、愛理沙が好きなのではない。

愛理沙が好きだから、愛理沙の体が好きなのだ。

と、由弦はそう言った。

一方で愛理沙は大きく目を見開き……

「ふっ……」

小さく笑った。

「……愛理沙？」

「す、すみません。さっきのは……冗談です。ふふっ……」

情熱的な言葉、ありがとうございます。

笑いながら愛理沙に言われ……由弦はようやく気付く。

揶揄《からか》われたのだ。

「あー、前言撤回する。もしかしたら君の体が好きなだけなのかもしれない」

「それはどっちにしろ、私のことが好きということですよね？」

愛理沙はそう言いながら腕を組んでみせた。

自然と胸が持ち上がり、強調される。

「い、いや……まあ、それはそうなんだけど……」

由弦の視線は自然と愛理沙の胸に吸い寄せられる。

これには逆らえない。

しかしいいように弄ばれている感じがして、由弦はあまり良い気分ではなかった。

せめて意趣返しがしたい。

「そういう愛理沙は……どうかな？」

「……何がですか？」

「俺の体。まだ、感想を聞いてなかったなと」

由弦は腕を腰に当て、愛理沙にそう尋ねた。

少しお腹《なか》に力を入れて、腹筋を浮かび上がらせる。

「え？　えっと……大変、よい仕上がりだと思いますよ？　以前よりも、その……立派になっているように見えます」

「愛理沙は好きか？」

「ま、まあ、好きか嫌いかで言えば好きですが……」

少し恥ずかしそうに愛理沙は視線を逸《そ》らした。

そんな愛理沙の仕草に自信を付けた由弦は、愛理沙の白い手を取った。

それを自分のお腹に持っていく。

「硬いですね……さすがです」

「愛理沙のも触って良い？」

「……いいですよ」

由弦は愛理沙の腹部に手を伸ばす。

するとキュッと愛理沙の腹部が引き締まった。

うっすらと白い縦線が浮かび上がる。

由弦はその線に沿って手を動かす。

そこには程よい弾力のある筋肉があった。

由弦（男性）の物とは異なる、柔らかな愛理沙（女性）の筋肉だ。

「綺麗《きれい》だね」

「あんっ……」

由弦の指が愛理沙の形の良い臍《へそ》を擽《くすぐ》る。

すると愛理沙は擽ったそうに身を捩《よじ》らせるが、抵抗する様子はない。

「ここ、すごく細いね」

「ひぅ……は、はい。そこは自慢で……」

さすがに脇腹は擽ったすぎるらしい。抗議するように愛理沙は翠色《みどりいろ》の瞳を由弦に向けた。

由弦は誤魔化《ごまか》すように両手を大きく広げると、愛理沙を抱擁する。

それから背中を、首元から背骨に沿って、尾骨まで指で撫でた。

「ンぁ……」

愛理沙は小さく喘《あえ》ぐと、脱力した様子で由弦に体を預けた。

「ドクドク、してます」

そして胸板に耳を押し当て、リラックスした表情で目を瞑《つぶ》る。

「君が魅力的だからね」

由弦がそう答えると、愛理沙は照れ笑いを浮かべた。

そして由弦の手を摑《つか》み、自分の胸に当てる。

柔らかい感触と、温《ぬく》もり。

そしてドクドクと脈打つ心臓が感じられた。

「私もです」

「……愛理沙」

由弦は堪《たま》らず愛理沙を強く抱きしめた。

「……はい」

愛理沙もそれを受け止めるように、両手でしっかりと由弦の体を抱きしめる。

そして二人は互いの体の違いを確かめ合う。

「愛理沙。……こっちを見てくれ」

「はい……んっ」

由弦は自分を見上げた愛理沙の唇に、自分の唇を重ね合わせ、塞いだ。

軽い接吻《せっぷん》。

普段ならばこれで終わりだ。

しかし……

「んっ、ぁ……」

愛理沙の唇から甘い吐息が漏れる。

由弦の唇が、愛理沙の唇を軽く吸ったからだ。

由弦は愛理沙の唇の形を確かめるように、自分の唇を動かす。

愛理沙はその動きに対し、吐息を漏らす。

それから由弦は舌で軽く愛理沙の唇を撫《な》でる。

すると愛理沙は一瞬、体を大きく震わせた。

しかし由弦は愛理沙を強く抱きしめることで、愛理沙の抵抗を抑えつける。

愛理沙の唇と、口内の境目。

そこに舌を軽く出し入れする。

そのたびに愛理沙はビクビクと体を震わせた。

「ん、はぁ……」

由弦がゆっくりと唇を離す。

愛理沙はどこか安堵《あんど》したような、しかし惜しむような声を上げた。

「こ、今回は随分と……」

愛理沙は自分の口元を手の甲で拭いながら、由弦を見上げる。

「情熱的、ですね」

見つめているとも、睨《にら》んでいるとも取れる表情でそう言った。

「嫌だった？」

由弦の問いに愛理沙は……

「……嫌では、ないです」

恥ずかしそうにしながらも、しっかりとそう答えた。

※

「……そう言えばそろそろ、お昼ですね」

「そうだな」

愛理沙の言葉に由弦は時計――防水性――を確認した。

時刻は十一時半。

そろそろ亜夜香が指定した昼食の時間になる。

「確かお昼はＢＢＱをやるという話でしたよね？」

「そうだな。確か……担当は亜夜香と千春と宗一郎か」

今回の海水浴では、それぞれが担当の何かしら――例えば食材など――を持ち込むことになっている。

例えば亜夜香は肉、千春は野菜、宗一郎は海鮮をそれぞれ持ち込むことになっていた。

「……ちゃんとした食べ物だといいんだが」

三人の性格――特に亜夜香――を考えると、〝ネタ〟に走る可能性がある。

「さ、さすがに食べられる物ではあると思いますよ……？」

どうやら愛理沙からも〝変な物〟を持ってくると思われているようだ。

とはいえ、本当に食べられない物、人を選ぶような物を持ってきて誰も食べられない……ということになれば、確実に白ける。

三人ともそのくらいのことは理解しているはずなので、最低限食べられる物を持ってきてくれるはずだ……と由弦と愛理沙は信じたかった。

「とにかく、そろそろ集合場所に行こうか。遅刻したらグチグチ言われそうだ」

「そうですね」

二人は海から上がり――愛理沙はラッシュガード等を着込むと――、集合場所へと向かった。

しばらく歩いていると……

「……噂《うわさ》をすれば二人ですね」

「せっかくだし、一緒に行こうか」

亜夜香と千春の二人を見つけた。

由弦と愛理沙は二人に声を掛けようとするが……

「……様子がおかしくありません？」

「……そうだな」

思わず愛理沙と由弦の二人は岩陰に隠れた。

そして陰から覗《のぞ》きながら、そっと聞き耳を立てる。


「いいじゃないですか、亜夜香さん」

「い、いや、でも……さすがにこんなところで、それは……」

「大丈夫ですって、誰も見てませんよ」

「でも、わ、私には、宗一郎君が……」

「そんなこと、私には関係ありませんよ。……ね？」

「や、やめ……あっ……」


由弦と愛理沙はそっと、後退《あとずさ》り……

それから逃げるようにその場から立ち去った。


「わ、私たちには早い世界でしたね……」

「……俺たちはまだまだ子供だったな」

※

集合場所に到着すると、すでに聖と天香、そして宗一郎の三人が先に待っていた。

宗一郎は由弦と愛理沙に問いかける。

「亜夜香と千春、見なかったか？」

「い、いや、別に……」

「何も見てません」

二人がそう答えると、宗一郎は小さく肩を竦《すく》めた。

「そうか。……まあ、どうせどこかで乳繰り合ってるんだろ」

遅刻するなと言う奴《やつ》ほど遅刻するんだよなぁ……

などと、宗一郎はため息をついた。

そして五分後。

砂浜を駆けながら二人の少女がこちらにやってきた。

「ごめんね！」

「いやー、少し遅れました」

悪びれもせず、二人はそう言った。

それからすでに設置されているＢＢＱセットに視線を向けた。

「もうやってくれたんだ」

「男子三人がね」

亜夜香に対し天香はそう答えた。

待っているのも暇ということで、すでに由弦と宗一郎、そして聖の三人で設置してしまった。

後は食材を並べ、炭に着火すれば始められる。

「さて、後は食材だが……二人が来たことだし、見せるか」

宗一郎はそう言うと持ってきていたクーラーボックスを開いた。

そしてビニール袋に入った食材を並べていく。

「とりあえず……海老《えび》、ホタテ、イカ、ハマグリ、サザエ、アジ。この辺りは定番だな。

そしてイチオシは蟹《かに》と岩牡蠣《いわがき》だ」

宗一郎が持ってきたのは想像よりも普通だった。

由弦を含めた四人は胸を撫《な》で下《お》ろす。

こういうのでいいんだよ、こういうので。

そんなラインナップだ。

「意外と普通じゃないか」

「ああ。本当はシュールストレミングを持ってこようと思っていたんだが……自重した」

「偉いな、よしよし」

聖は宗一郎の頭を撫でる。

そして宗一郎は「男に撫でられてもうれしくない」とそれを振り払った。

「じゃあ、次は私ですかね」

千春はそう言うと、自分が持ってきていたクーラーボックスを開く。

そしてビニール袋に入れられた——事前にカットしておいたようだ——野菜を取り出す。

「旬の物については地元から送ってもらいました。とうもろこし、じゃがいも、たまねぎ、トマト、キャベツ、にんにく。この辺りは定番ですよね。キノコは椎茸《しいたけ》とエリンギ。それと九条ネギ、賀茂なす、伏見唐辛子……この三つはおすすめです」

ついでに〆用の焼きそば麺も用意しました。

と、千春は言った。

意外と普通だ。

特に京野菜を持ってくることで、独自性をアピールしているところはポイントが高い。

「デザートでドリアンを持ってこようかと当日まで悩みましたが、断念しました」

「偉いわね、よしよし」

「もっと褒めてください!」

「ちょっと、抱き着かないで!!」

天香の胸に顔を押し付ける千春を尻目に、亜夜香は自分の番だと言わんばかりにクーラーボックスを砂浜に置いた。

「とっておきのを持ってきたから」

亜夜香の言葉に、由弦と愛理沙は顔を見合わせた。

嫌な予感がしたからだ。

一方で亜夜香は気にせず食材を並べていく。全て下処理済みのようで、あとは焼くばかりだ。

「牛はカルビ、牛タン、ホルモン。豚はピートロ。鶏は焼き鳥の塩とタレ。それとラム肉」

意外と普通じゃないか。

と、由弦は安心するのと同時に、少しだけガッカリした気持ちになった。

……しかし亜夜香はさらに食材を取り出していく。

「で、これが鹿」

「……鹿？」

「それと、兎《うさぎ》と雉《きじ》ね」

流れが変わったのを由弦は感じた。

「で、これがワニ！」

「ワニ！」

愛理沙が驚きの声を上げた。

……少しだけ目が輝いている。

「そしてこれは凄《すご》いよ。クマの手！」

「すげぇな、おい」

聖は呆《あき》れ半分、驚愕《きようがく》半分という声を上げる。

「そして最後はカエルね」

「か、カエルって……」

天香は嫌そうな顔をした。

彼女は食べたくないようだ。

一方で愛理沙は興味津々な様子で、カエルを眺めている。

一先《ひとま》ず愛理沙は食べる様子なので、残る心配はない。

（まあ、俺も食えるし……亜夜香も持ってきたからには食えるだろう）

由弦は過去に中国に旅行に行った時、カエルを食べたことがある。

海外旅行に行けば、この手の物は一度くらいは食べる機会がある。

日本の飲食店でも、提供しているところは提供している。

食わず嫌いな人でなければ、生涯に一度は口にする物だ。

「さすが、亜夜香だ……！」

「痺《しび》れる、憧れる！」

「ふふん、もっと褒めて！」

宗一郎と千春の二人から頭を撫でられ、亜夜香はご機嫌そうに笑みを浮かべた。

やはりこの三人は感性が似通っているようだ。

「しかし随分と食材が多いが……食べ切れるのか？」

由弦はそんな懸念を口にした。

育ち盛りの男女が七人いることを含めても、食材の量はかなり多い様に感じた。

「ああ、大丈夫。余った分は夕飯のカレーと味噌汁《みそしる》に入れちゃうから」

「それは随分と豪華な夕食になりそうだ」

クマの手は合いそうだが、カエルは合うのだろうか？

由弦は内心で首を傾げた。

※

幸いにも由弦の懸念――食材が多すぎるのではないか――は杞憂《きゆう》に終わった。
浜辺、炭火、ＢＢＱ、気の合う友人と一緒。

これだけ条件が整って、食が進まないはずがない。

ワイワイと騒ぎながら食べているうちに、あっという間に食材は減っていった。

もちろん、全て食べ切ることはできなかったが……

夕食のカレーに回せば、十分に消費できそうだった。

それから午後は日光浴をしたり、男女で別れてビーチバレーをしたり、泳いだり……

としているうちにあっという間に時間は過ぎ去った。

それから夕食にカレーを作り、食べ終え、後片付けまで終えて……

「みんな、まだ寝ちゃダメだからね！　ここから、夜は長いから!!」

亜夜香の言葉に全員が頷《うなず》く。

まだ誰も寝るつもりはなかった。

「じゃあ、愛理沙ちゃん。……何の映画、持ってきた？」

愛理沙の担当は夜にみんなで見る「映画」だった。

ジャンルは不問で、愛理沙に一任されている。

（しかし愛理沙に映画とは……）

こう言っては何だが、愛理沙がエンタメを楽しんでいるイメージ――いわゆる〝オタク的なイメージ〟――はあまりない。

そのため愛理沙が適任とは、由弦は正直思えなかった。

おそらく亜夜香が愛理沙に映画を任せた意図は、そんな愛理沙がどんな物を持ってくるのだろうか？　というような興味半分だろう。

由弦も愛理沙の趣味嗜好《しこう》の何もかもを知り尽くしているとは言《い》い難《がた》いので、少し気になる。

（何となく、ジ○リ映画とか、あとは王道なラブロマンスとか選びそうなイメージがあるな）

少なくとも愛理沙が怪獣映画やアクション映画を持ってくるとは思えなかった。

ホラー映画は？　……論外だろう。

「それは見てからのお楽しみですね」

亜夜香の問いに愛理沙は澄ました表情でそう答えた。

……どうやら自信があるらしい。

「えー、気になります！　どういうのですか？」

「……いやまあ、正直、私も内容はそこまで知りません」

千春の問いに愛理沙はそう答えた。

「ただ……私の養父《ちち》のお勧めです。……あの人はアメリカに留学経験がありますから。間違いはないはずです」

映画文化が盛んなアメリカに留学したことがある人が選ぶ映画なのだから、絶対に面白いはずだ。

と、愛理沙は考えているようだ。

根拠としてはかなり脆弱《ぜいじゃく》だ。

（……大丈夫か？）

由弦は少しだけ心配になった。

お世辞にも愛理沙の養父――天城直樹《あまぎなおき》――にその辺りのセンスが備わっているとは思えない。

「内容は全く確認してないのか？」

「いえ、あらすじは確認しましたよ。面白そうでした」

由弦の問いに愛理沙は自信ありそうに答えた。

とりあえず、全く中身を確かめていないというわけではないようだ。

「そういうゆづるんは、ちゃんとお菓子用意した？」

「まあ、一応」

ちなみに由弦の担当はお菓子だった。

由弦はリュックサックから、購入しておいたお菓子を取り出す。

ポテトチップスのようなスナック菓子から、ちょっとした駄菓子まで、一通りの物を揃《そろ》えておいた。

「へぇー……意外に悪くないじゃん」

「私、てっきり場違いなケーキでも持ってくると思ってましたよ」

「俺だって空気くらいは読める」

ケーキが悪いわけではないが……

友人たちと一緒に騒ぎながら口に運ぶ物としては不適切だ。

「天香ちゃん、ジュースとかは？」

「もちろん、あるわよ」

なお、天香の担当は飲み物だった。

彼女はＢＢＱの時に飲んだ残りのミネラルウォーターや緑茶、烏龍茶に加えて……

瓶詰の高そうなオレンジジュースを取り出した。

ラベルには生絞りと書かれている。

随分と良い品を持ってきたようだ。

「準備はオーケーっと……じゃあ、愛理沙さん」

「はい、つけますね」

聖に促され、愛理沙はテレビのリモコンを操作する。

映画が始まり、すぐにタイトルが画面に映し出される。

トルネードシャーク。

それがその映画のタイトルだった。

「いやぁー、愛理沙ちゃん！　いいセンスしてるね!!」

映画が終わった後。

亜夜香は上機嫌な様子でそう言った。

「さすが、愛理沙さんです！　予想からは大きく外れ、しかし期待にはそれ以上に応える！　最高でした!!」

千春もまた、愛理沙を褒めたたえる。

そして褒められている方の愛理沙はというと……

「そうですね。面白かったです。……養父《ちち》を頼って正解でした」

満足そうに頷《うなず》いた。

「どうでしたか？　由弦さん」

「え？　あっ……いや、うん、おも……いや、楽しかったよ」

面白いというよりは、楽しかった。

それがその映画の感想であった。

台風に乗って空からサメが（たまにワニが）降ってくるという頭のネジが三本くらい抜けているとしか思えないその映画は、お世辞にも面白いと言えるものではない。

だが、大勢で笑いながら、ツッコミを入れながら見る分としては、十分に楽しかった。

ある意味、この場に於《お》ける最適解ではあった。

「……愛理沙はこういうのが好きなのか？」

「はい、好きですよ！」

満面の笑みで愛理沙はそう答えた。

「そ、そうか……」

こうして由弦は婚約者の意外な一面を知ったのだった。

※

「……今度は双子ですかぁ」

「愛理沙さん、産むわねぇー」

「いやぁ、子だくさんなのは良いことじゃない？　これで高瀬川家は安泰だね」

千春、天香、亜夜香の三人は〝子供が生まれた〟愛理沙に対し、口々にそう祝福した。

一方の愛理沙は恥ずかしそうに顔を赤らめ、もじもじする。

「や、やめてください！　じ、人生ゲームですよ⁉　由弦さんの子供とかじゃないですって……」

映画を見終えた七人は、聖が持ってきた――彼はいわゆるお楽しみグッズのような、みんなで遊べるゲームの担当だった――人生ゲームで遊んでいた。

そして丁度、愛理沙が四人目の子供を出産したところだった。

「聞きましたか、亜夜香さん！　由弦さんとの子供じゃないそうですよ⁉」

「やだ、ゆづるんの脳味噌《のうみそ》が破壊されちゃう……」

「え、浮気……？」

三人の言葉に愛理沙は怒った様子で眉を上げた。

「し、失礼な！　産まれるとしたら、由弦さんとの子供に決まってるじゃないですか‼」

「でも、ゆづるんは別の女の人と結婚して、子供作ってるけど？」

亜夜香は由弦の駒を指さした。

由弦の駒は〝女性の駒〟と二人の〝子供の駒〟と一緒だったのだ。

「あ、あれは……って、そもそもこれはゲームじゃないですか！　現実の話とまぜこぜにしないでください！」

「ちなみに現実なら何人産みたいんですか？」

「え？　まあ……数は多い方が賑《にぎ》やかかなぁーとは思ってますが……って、何を言わせるんですか‼」

愛理沙は顔を真っ赤にし、声を荒らげた。

　一方、宗一郎と聖はニヤニヤと笑みを浮かべながら由弦の肩を叩《たた》く。

「だってさ。頑張れよ、由弦」

「早くあと二人作って帳尻合わせろ」

「お前らなぁ……」

　由弦は苦笑しながらルーレットを回し、駒を進める。

　止まった先には「離婚！　一回休み。慰謝料と養育費でマイナス五百万」と書かれていた。

「え？　どうして愛理沙ちゃん、離婚しちゃったの？　ゆづるんのこと、嫌いになっちゃった？」

「離婚したのは私じゃないです。間女です。清々しました」

「愛理沙まで何を言い出すんだ……」

　と、何だかんだでゲームそのものは大いに盛り上がった。

※

　翌朝。

「ん……」

由弦は差し込む朝日に思わず目を開けた。

周囲を見回すと、空になったペットボトル、お菓子のゴミ、そして毛布に包《くる》まって寝ている友人たちの姿があった。

昨晩は散々騒ぎ、遊び、そして全員ベッドに入らないうちに眠ってしまったのだ。

「寝直すか……いや……」

二度寝をするにしても、海から太陽が昇るところを見てからでも遅くはない。

由弦は軽く顔を洗ってから、外に出た。

砂浜に出ると……

「あ、由弦さん」

寝間着を着込んだ愛理沙がいた。

どうやら由弦よりも先に起きていたようだ。

「早起きですね」

「そういう君はもっと早起きだね」

「先ほど、起きたばかりですよ」

そう言って愛理沙は微笑《ほほえ》んだ。

二人で砂浜に座り、海を眺める。

今、まさに太陽が昇ろうとしているところだった。

「……もう終わっちゃうんですね」

愛理沙は微笑みながら、惜しむようにそう言った。

全員が起きてから朝食を食べ、そして片づけをして、昼には帰る予定になっている。

「帰るまでが遠足だよ、愛理沙。あと半日以上もある」

「帰りは全員、寝ちゃうんじゃないですか？」

「確かにそれはそうだ」

由弦は苦笑した。

海で遊び、さらに夜更かしまでしたのだから、全員体力は底を尽いているはずだ。

帰りの車内では全員が眠りこけることになるだろう。

由弦も起きていられる自信はなかった。

「本当に楽しかったです。……ありがとうございます」

「それは誘ってくれた亜夜香に言ったらどうだ？」

由弦は苦笑しながらそう言った。

由弦も愛理沙と同様に誘われた側で、お礼を言う立場の人間だろう。

「もちろんです。でも……亜夜香さんと知り合えたのは、由弦さんのおかげです」

あなたと知り合えていなかったら。

あなたとこうした関係でなかったら。

私はここにはいないだろう。

海に誘ってくれるような友人はいなかっただろう。

愛理沙は微笑みながらそう言った。

「だから……由弦さんのおかげです」

「買い被《かぶ》りすぎだよ。今があるのは君が変わったからだろう？」

由弦は知っている。

彼女が以前よりも、ずっと明るくなったことを。

彼女が人の顔色を窺《うかが》い、本心を隠すような真似《まね》をしなくなったことを。

彼女が養父母に「由弦と結婚したい」と自分の意思をはっきり伝えたことを……勇気を身に付けたことを知っている。

「そのきっかけも由弦さんのおかげです」

「そうだとしても……変わったのは、変わろうとしたのは、君の意思と力だろう？」

「……そうでしょうか？」

「そうだとも。だから俺は君が好きになった」

由弦はそう言って愛理沙の手を軽く握った。

「……ありがとうございます」

由弦の言葉に愛理沙は少し恥ずかしそうにはにかみながら頷いた。

「でも……私、思うんです。私には由弦さんが必要だったとしても、由弦さんには私が必要だったのかなって……」

「何を急に……」

「由弦さんは今も昔も、ずっと素敵なままでしょう？」

そう言われて由弦は首を傾《かし》げる。

つまり愛理沙と出会う前と後で、いい意味で変わっていないと愛理沙は言っているのだ。

由弦としては「変わった」と言いたいところだ。

愛理沙に良いところを見せるために身嗜《みだしな》みにはより気を付けるようになったし、部屋はそれなりに片づけるようになった。

しかし愛理沙が言いたいことはそういうことではない。

「私、由弦さんに何か返せてるかなって……」

自分は由弦のおかげで変われた、幸せになれた。

しかし自分はその分、由弦を同じくらい幸せにしてあげられているだろうか……と愛理沙は言いたいのだ。

もちろん、由弦は今、幸せだ。

こんなに可愛《かわい》らしい婚約者がいる男が幸せでないはずがない。

とはいえ、愛理沙という婚約者ができる以前の由弦が不幸せだったかと言えばそういうわけではない。

そういう意味で……幸不幸の落差については、愛理沙と比較してしまえば小さいと言える。

「じゃあ、これからに期待しようかな」

由弦は愛理沙の言葉にそう返した。

「……これから？」

「君が……愛理沙がいなかったら、婚約者じゃなかったら、ゾッとする。……俺がそう思えるくらい、俺を幸せにしてくれ」

由弦はそう言いながら頬《ほお》を掻《か》いた。

自分で言ってみて少し照れくさいなと感じたのだ。

「そうですね！　これから……長いですもんね」

愛理沙は嬉《うれ》しそうに微笑んだ。

それから距離を詰め……

長い長い接吻《せっぷん》を交わした。

※

海水浴から数日後のある日。

「ちょ、ちょっと……由弦さん！　その写真、消してください！」

「えぇ……いいじゃないか。君だって、一緒に撮ろうって……乗り気だっただろ？」

由弦と愛理沙は携帯を覗《のぞ》きながら、そんな口論を繰り広げていた。

画面には水着姿の由弦と愛理沙のツーショットが映っている。

海水浴の日に一緒に撮影した物だった。

「か、考え直したんです！　や、やっぱり、その水着は写真に残すには恥ずかしいというか……」

「い、いや、でも……勿体《もったい》ないし……」

「ダメと言ったらダメです！」

愛理沙はそう言うと由弦の携帯に手を伸ばす。

由弦は慌てて携帯を持った手を高く上げて、愛理沙の魔の手から逃がそうとする。

愛理沙も同様に手を伸ばし、由弦の上に伸《の》し掛《か》かる。

後ろにひっくり返った由弦は、愛理沙を携帯から遠ざけるために、片手で愛理沙を押し返そうとし……

うっかり胸を鷲摑《わしづか》みにしてしまう。

「あっ、ちょっと……何をするんですか！」

愛理沙は恥ずかしそうに胸を両手で庇《かば》いながら、飛《と》び退《の》いた。

その隙に由弦は愛理沙の下から抜け出す。

「君が強引に消そうとするからじゃないか。別にいいだろう？　写真くらい」

「写真くらいと思うなら消してください。ここに本物がいるんですから、それでいいでしょう？」

「いや、でも水着はそうそう見られる物でもないし……」

「これから毎年、夏に見られるじゃないですか」

それに……

と、愛理沙はほんのりと頰を赤らめる。

「由弦さんがどうしてもと望むなら、頼むなら……見せてあげないことも、ないです」

「……本当に？」

「はい。私は由弦さんの婚約者なんですから。……写真なんかより、本物の方が良くないですか？」

愛理沙は由弦の耳元でそう囁《ささや》いた。

そしてそっと由弦の携帯に手を伸ばす。

「だから……消しましょう？」

「う、うーん……」

「ね？　お願いします。ほ、ほら……本物は写真と違って、触れますよ？」

愛理沙はそう言いながら由弦に胸をぐいぐいと押し当てた。

柔らかい膨らみの感触に由弦の心が揺らぐ。

「ほら、由弦さん……大好きでしょう？　さっきも触ってきましたもんね」

「い、いや、あれは事故で故意じゃないし……」

「どうせなら、もう少ししっかり触ってみたくないですか？　実は気になってますよね？」

愛理沙は自分の胸を指で突きながら言った。

キャミソールが、白いブラウスの生地から透けて見えている。

「いや、べ、別に……」

「我慢は良くないですよ？」

愛理沙はそう言いながら由弦の手を摑《つか》むと、そっと自分の胸に導いた。

促されるままに由弦は手に力を入れてしまう。

むにゅっと、柔らかい感触がした。

「んっ……どうですか？」

ずっと触っていたくなるような、病みつきになるような感触だった。

ついつい由弦は夢中になり、触れ続けてしまう。

愛理沙は耳まで顔を赤くしながらも、五秒ほどそれを許してくれた。

そして……

「……柔らかい」

「触りましたよね？　ほら、消してください」

「っく……謀ったな、愛理沙」

「えっちなことしか考えてない由弦さんが悪いんです」

由弦は泣く泣く、写真を消すことにした。

とはいえ、やられっぱなしというのは少し癪《しゃく》に障った。

「人のことをえっちだ何だというが、そういう君はむっつりじゃないか」

「なっ！　何を言《い》うんですか……！　一体、私のどこが……」

「その服装、敢《あ》えて俺に見せてるんだろう？　違うのか？」

「こ、これはシースルーと言って……こういうファッションです！　外を歩く時は上に羽織物をしますし、別にふしだらということはなくて……」

「でも、俺の前では何も羽織らないじゃないか」

「そ、それは……だってそういうファッションですし……その、お嫌い、ですか？」

愛理沙の問いに由弦は首を左右に振った。

「いや、嫌いじゃない」

「なら、いいじゃないですか。……仕方がなく、合わせてあげてるんですよ、由弦さんの好みに」

愛理沙はそう言ってから、微笑《ほほえ》んだ。

「良かったですね、私が婚約者で」

「それは……そうだね。君が婚約者じゃなかったらと思うと……ゾッとするよ」

由弦はそう言って笑うと、愛理沙を軽く引き寄せた。

そしてその唇を奪う。

愛理沙もそれを受け入れる。

それから愛理沙は由弦の肩に自分の頭を置いた。

「あの……由弦さん。これからの……ずっと、先の話ですけれど」

「うん？」

「……子供って、欲しいですか？」

「こ、子供⁉」

愛理沙の唐突な発言に、由弦の心臓が強く跳ねた。

「い、いや……ほら、前に……人生ゲームで子供の話をしたじゃないですか」

「あ、あぁ……ま、まあ、確かにね」

「由弦さんは……欲しい、ですか？」

上目遣いで愛理沙は由弦にそう尋ねた。

一瞬、由弦は〝これは誘われているのか？〟と勘違いしかけた。

実際、今はそういう雰囲気だが……

しかし高校生で妊娠など言語道断な話だろう。

つまりこれは単純に将来の家族計画の話だ。

……一先《ひとま》ず由弦はそう思うことにした。

「それはもちろん」

まず第一に由弦個人の気持ちとして、愛《いと》しい人との子供が欲しいという気持ちがあった。

そして第二に高瀬川家の次期当主として、次代を担う子供を作らなければならないという義務感もあった。

由弦にとってそれははっきり言ってしまえば聞くまでもない、当然のことだ。

「そうですか。……それは良かったです」

「良かったとは……？」

「最近は別に欲しくないという人も多いと聞きますから……あ、当然、私も、その……欲しいです」

恥ずかしそうに愛理沙は由弦にそう言った。

艶《つや》やかな唇から紡がれたその〝欲しい〟という言葉に、由弦は少しだけドキドキした。

「ちなみに……男の子と女の子、どちらが欲しいですか？　何人欲しいとか、ありますか？」

「一人ずつかなぁ……」

「それはどうして？」

「俺の家族がそうだから、それが標準的というイメージがある。……君は？」

「私は性別には拘《こだわ》りは……いえ、やっぱり男の子も女の子も両方欲しいです。人数は……三人は欲しいかなって」

「確かに三人くらいはいた方が賑《にぎ》やかでいいかもね」

妹がいる由弦だが、弟がもう一人いてもいいのではないかと思うことがある。

そして彩弓《あゆみ》は彩弓で、妹か弟が欲しかったらしい。

子供二人が標準であれば、それに一人を加えた形が由弦にとっては理想なのかもしれない。

「でも……三人となると、が、頑張らないと……いけませんね」

頬を赤らめ、愛理沙はそう言った。

確かに〝出産する〟のは愛理沙だ。それを支えたり、助けたりすることはできるが、代わりはできない。

「そうだけど……でも、そこまで気負わなくてもいいよ。そもそもまだ、先の話じゃないか」

「先の話というのは……由弦さんはいつぐらいを考えてますか？」

「少なくとも大学卒業後かな……？」

在学中に妊娠出産は外聞が悪すぎる。

「そ、卒業後？　それはまた……随分と先ですね」

「……愛理沙はもう少し早い方がいいのか？」

「え？　い、いや、そういうわけではないですけれど……ほ、ほら、その……いざという時にできないと困りますし。練習は早め早めが良いのかなって……」

「……練習？」

「はい。ほら、キスの時も……したじゃないですか。私たちの関係も深まってきましたし、そ、その、そろそろ……ど、どうかなって……」

チラチラッと愛理沙は由弦の顔を見上げながらそう言った。

そして由弦は自分の認識と、愛理沙の認識が少しズレていることに気付いた。

「あ、あぁ！　な、なるほど。そっちの話か……それは、そうだね。そろそろ練習は始めてもいいかもしれないね」

「……何だと思ったんですか？」

「……妊活の話かなと」

愛理沙は由弦の胸板を軽く拳で叩《たた》いた。

「そ、そんなわけ、ないじゃないですか！　い、いえ、関連がないわけではないというか、似たような話ではありますが……」

「い、いや、ごめん。話の導入が……ほら、やけに具体的な家族計画だったから……」

「そ、その前の雰囲気を考えてくださいよ！　そ、そういう……雰囲気だったじゃないですか……」

恥ずかしそうに肩をわなわなと震わせる愛理沙。

これでは先ほどの由弦の「むっつりなのは愛理沙」という言葉を証明してしまった形になる。

「すまない、すまない。……いや、もちろん、俺もしたいよ。三人作るには、お互い、頑張らないといけないしね」

「由弦さんの馬鹿！」

由弦はフォローしたつもりだったが、愛理沙は揶揄《からか》われたと感じたらしい。

ポカポカと由弦の胸板を激しく叩いた。

「だ、大体……子供云々《うんぬん》の話なんて、もっともっと、ずっと後の話じゃないですか。まだ作るとも限らないですし……」

「あれ？　……子供については、愛理沙は後ろ向きなのか？」

「いえ、欲しいですけど……あまりイメージは湧きませんし……」

自分が母親になるということに対してあまり実感が湧かないようだ。

もっとも由弦も父親になった自分を想像できるかと言えば、微妙なところではあるが。

「それに……しばらくは二人で過ごすのも良いかなって……」

「確かに。子供ができれば忙しくなってしまうだろうしね」

由弦の父や祖父はせっつくかもしれないが……

親や祖父の孫／曾孫を見たいという感情よりも、婚約者との時間が、奥さんとの二人きりの時間の方が大切だ。

「そもそもそういうのは大学を卒業して、就職してから本格的に考える物じゃないですか」

「それは確かにそうだ」

「ましてや、まだ産まれてない子供の結婚相手なんて……先の先の話です」

「子供の結婚相手？」

由弦は首を傾《かし》げた。

少なくとも由弦はまだ産まれていない子供の将来のことまでは話していない。

もちろん、高瀬川家の次代を担う子供を養育しなければという覚悟は持っているが。

「千春さんが以前、自分の子供と私の子供のお見合いはどうかと……冗談にしても気が早すぎると思いませんか？」

「あー、その話か。千春、愛理沙にも提案していたのか」

「……ということは由弦さんにも話していたんですね？」

「高瀬川と上西《うえにし》の友好の架け橋としてどうだ、とね」

由弦は思わず肩を竦《すく》めた。

「確かに気が早すぎる話だ。……そもそも子供は授かり物だ。できるかどうかも分からないし、性別だって……同じだったら結婚は難しいだろう」

「そうですよね。そもそも政略結婚なんて……」

「まあ、実現したら悪い話ではないかもしれないが」

「……え？」

由弦の言葉に愛理沙は少し驚いた様子で目を見開いた。

「……由弦さんは乗り気なんですか？」

「いや、乗り気もなにも。そもそも産まれてない子供の話をしてもあまり意味はないと思うけど……」

「では……産まれた後の話なら？」

「それは一考の余地があるんじゃないか？　もちろん、受け入れるかどうかはまだ産まれていない子供次第だとは思うけどね」

そう言いながら由弦は思わず苦笑してしまう。

まだ産まれていない子供の恋愛事情など、考えたところで仕方がない。

産まれた後ですら、予想できるような物でもない。

「でも……政略結婚、ですよ？」

「……俺たちもそうじゃないか」

「……由弦さんは、政略結婚だから、私と婚約しているんですか？　違いますよね……？」

念を押すように愛理沙は由弦にそう尋ねた。

当たり前だと言わんばかりに由弦は大きく首を縦に振った。

「当たり前じゃないか。政略結婚云々を抜きにして、君のことが好きだから……あらためてプロポーズしたんだろう？」

親の意志ではない。

あれは、自分自身の意思だ。

と、由弦のプロポーズにはそのような意味があった。

「そう、ですよね？　なら……恋愛結婚、ですよね？　私たち」

「いや、でも切っ掛けはあくまでお見合いで……政略結婚じゃないか？　君とあの場で出会わなかったら……いやまあ、同級生だから出会ってはいたけど、こういう関係には、なれてないだろう？」

お見合いをして。
偽装婚約をして。
捻挫して、助けてもらって。
互いの保護者を誤魔化《ごまか》すためにデートをしたりして。
それで今がある。
少なくとも由弦はそう認識していた。
そしてまた愛理沙もそれに異論はなかった。
だが、しかし……
「それはまあ、そうかもしれませんけれど……」
「愛理沙……？」
「すみません。上手《うま》く言語化できません」
愛理沙は少し困った様子で頬《ほお》を掻《か》いた。
由弦も愛理沙が何に引っかかっているのか理解できず、首を傾げた。
ただ、一つ確かなことは……
どうやら由弦と愛理沙の恋愛観には大きな認識のズレがあるということ。
二人はそれを初めて認識した。

番外編

「〇〇しないと出られない部屋」に閉じ込められた由弦と愛理沙

「由弦《ゆづる》さん……由弦さん！」

由弦が目を醒《さ》ますと、そこには愛しの婚約者がいた。

由弦の名前を呼びながら、揺すり起こそうとしている。

「おはよう……愛理沙《ありさ》。今日も可愛《かわい》いね」

「……寝惚《ねぼ》けてないで起きてください」

少し冷たい声でそう言われ、由弦は目を擦りながら起き上がった。

そして辺りを見回す。

そこは真っ白い部屋だった。扉らしき物以外、辺りには何もない。

「えっと……ここは？」

「それは私の台詞《せりふ》です。気が付いたらここにいました。……由弦さんでしょう？」

「どうして俺が……」

仮に拉致監禁されているのだとしたら、首謀者が由弦のはずがない。なぜなら由弦もこの部屋に閉じ込められているのだから。

「惚けないでください。……あんなことをするのは、由弦さんくらいです」

愛理沙は少し赤い顔をしながら、扉を指さした。

その扉にはこう書かれていた。

『えっちなことをしないと出られない部屋』

「……」

「い、いくら私としたいからって……こ、こんな悪戯《いたずら》、しないでください！」

愛理沙は顔を赤らめ、怒った表情でそう言った。心なしか満更でもなさそうにも見える。

しかし由弦には身に覚えがなかった。

「本当に知らないんだが……」

「えっ……？」

愛理沙は目を大きく見開いた。どうやら犯人は本当に由弦ではないらしいと気付いた愛理沙は、表情を強張《こわば》らせる。

「そ、それは……困りましたね」

「開かないのか？」

「少なくとも私の力では……」

愛理沙の力では開かなかった。しかし由弦の腕力でなら、開く可能性はある。

そこで由弦は扉を強引に引っ張ったり、押してみたり、体当たりをしてみたりした。

しかし開かない。

二人で大声を上げて助けを呼んでみるが、しかし扉が開くことはなかった。

「まさか、本当にえっちなことをしないと開かないのか……？」

「そんな、まさか。薄い本じゃないんですから……」

「……愛理沙、薄い本を読んだことがあるのか？」

「え？　あっ……い、いえ、まさか！　あ、亜夜香《あやか》さんに吹き込まれただけですよ！」

少し焦った表情で愛理沙はそう言った。この様子だと読んだことがあるようだ。

とはいえ、今はそれを追及している暇はない。

「……仕方がない、ですね」

愛理沙はポツリと、そう呟《つぶや》いた。

そして制服のリボンを解き、ボタンを一つ一つ外し始めた。

黒いレースの下着——意外と色っぽい物を着けている——が少しずつ姿を現す。

「あ、愛理沙……？」

由弦は顔を赤らめながら、困惑の表情を浮かべる。

ブラウスのボタンを全て外し終えた愛理沙は、恥ずかしそうに由弦を睨《にら》んだ。

「ほ、ほら……由弦さんも、早く……」

「い、いや、しかし……」

「し、仕方がないじゃないですか！　こ、こうしないと……開かないんでしょう？」

愛理沙は顔を赤らめ、恥ずかしそうに胸を隠しながらそう言った。

「ほ、ほら……私だけだと、恥ずかしいじゃないですか……」

「……分かった」

観念した由弦は、シャツのボタンを外した。下着を脱ぎ、上半身だけ裸になる。

「えっと、愛理沙も……」

「も、もう少しだけ、着させてください……」

ブラウスのボタンだけを外した状態で、愛理沙はそう言った。

無理に脱げとも言えず、由弦は小さく頷《うなず》く。

「そ、それと……由弦さん」

「……どうした？」

「そ、その、は、初めてなので……や、優しく……」

恥ずかしそうに顔を俯《うつむ》かせながらそう言った。

婚約者のいじらしい態度に、由弦は思わず生唾を飲んだ。

「わ、分かった」

由弦は頷くと、愛理沙の華奢《きゃしゃ》な肩に手を置いた。

ゆっくりと愛理沙を引き寄せて、そしてその柔らかい唇へ、唇を押し当てる。

軽く、啄《ついば》むように幾度か接吻《せっぷん》を交わし、それからぴったりと、互いの唇を合わせる。

唇で唇の形を確かめ、それからそっと舌を中に入れる。

愛理沙の舌先を自分の舌で捉える。

すると愛理沙もチロチロと、たどたどしく由弦の舌を舐《な》めてきた。

「ゆ、由弦さん……」

赤く上気した表情で愛理沙は由弦を見上げた。どこか物欲しそうな表情だ。

由弦は愛理沙のブラウスに手をかけ、それを肩からゆっくりと脱がしていく。

真っ白い肌と、黒いレースの下着に包まれた双丘が露《あらわ》になった。

「……綺麗《きれい》だね」

由弦はそんな愛理沙の胸の大きな膨らみに手を伸ばした。

ブラウスの上からでもしっかりと形の分かるそれに、手を乗せる。

「んぁ……」

優しく力を込めると、愛理沙の唇から甘い声が漏れた。

「ゆ、由弦さん。も、もっと……」

「愛理沙……」

由弦が愛理沙の下着を脱がそうとした……その時。ガチャッ、と音がした。

由弦と愛理沙は揃《そろ》って扉の方を見た。

「もしかして……」

「開いたか」

二人は顔を見合わせると、ゆっくりと扉の方へと近づいた。

そして軽く押すと……扉は開いた。

「まさか本当に、えっちなことをしたら開くとは」

「で、でも……おかしいですね。最後までしてないのに……」

「……最後まで？」

由弦は思わず首を傾《かし》げた。愛理沙の言う〝最後〟が何を意味するか分からなかったからだ。

「い、いや……ですから、えっちの……ことです。その、してないじゃないですか。せ、せめて、その……するまで、でしょ？」

「……しないといけないのはえっちなことでは？」

別に〝えっちなこと〟であれば、何だっていいはずだ。どこからどこまでを〝えっちなこと〟と定義されるかは個人次第だが……由弦は十分に条件を満たしたと感じていた。

「……え？」

愛理沙はきょとん、とした表情を浮かべ、それから見る見るうちに顔を赤くする。

「え、あっ……い、いや、その……」

「……もしかして、最後までしたかった？　意外とむっつり……」

「違います!!」

バチン！　と愛理沙は由弦の胸を強くひっぱたいた。

そして……


その痛みで由弦は目を醒ました。

「い、いった……な、何を……夢？」

胸の痛みで由弦はベッドから飛び起きた。

そして辺りを見回し……ここが自分の部屋であることを確認する。

「あ、朝から変な夢を見てしまった……」

意外と欲求不満だったのか？　と由弦は自分で自分の体調に対して疑問を抱く。

それから僅かに苦笑した。

「いやぁ……でも、あと少しだったんだけどなぁ……」

どうせ夢だったんだし、最後までしておけばよかったと……由弦は少し後悔した。


「由弦さんの馬鹿!!　……あれ？」

愛理沙は自分の叫び声で目を醒ました。

辺りを見回すとそこは自分の部屋だった。

「な、何だ夢か……」

どうやら夢だったらしい。そう確信した愛理沙は安心したが……しかしすぐに顔を真っ赤にする。

「あ、あんな夢を見るなんて……」

自分はそんなに欲求不満だったのか！　と、恥ずかしそうに顔を両手で覆う。

それからふと、思った。

「ど、どうせ夢だったなら……最後までしても……」

ちょっぴり後悔した。


そしてそれからしばらくした後。

「おはよう、愛理沙。……顔が赤いけど、どうしたの？」

「な、何でもないです……」

愛理沙はしばらく由弦の顔を見ることができなかった。

あとがき

お久しぶりです。桜木桜《さくらぎさくら》です。

今回、無事に五巻発売となり、私のシリーズ最長記録を更新しました。

ここまで来られたのも、皆さまのご支援のおかげです。ありがとうございます。

さて、五巻の内容ですがざっくりとまとめれば、「由弦《ゆづる》と愛理沙《ありさ》のすれ違い」がテーマとなっています。

詳しい内容はネタバレとなりますので控えますが、今まで表面に出て来なかった物がようやく出て来たという感じでしょうか。

お互いに心の底から通じ合うようになり、未来を見据えるようになったことで生じた問題なので、後退ではなく進展であると考えています。

内容自体は深刻そうですが、新婚カップルが目玉焼きに醤油《しょうゆ》とソースのどちらを掛けるかで揉《も》めるのと、似たような物です。

具体的な解決は六巻以降となります。

ちなみに私は醤油派です。ソースは合わないでしょ……

IFストーリーについては例のごとく、文字数が余ったので書かせていただきました。内容は四巻で軽く予告した物となっています。IFストーリーもそうですが、特典SS関係は常にネタに困っているので、割と真剣に募集しています。Twitter とかで「お見合いしたくなかったので」みたいなハッシュタグをつけた上で、「こういうのを読みたい」みたいに呟《つぶや》いてもらえれば、採用する……かもしれません。

ところで本作のコミカライズ版の書籍が、七月八日に発売されました（御幸《みゆき》つぐはる様、コミカライズ版第一巻発売、おめでとうございます！　これからもよろしくお願いします！）。

小説とはまた違った形で、由弦と愛理沙の物語が描かれています。ご購入の検討をぜひ、よろしくお願いします。

ではそろそろ謝辞を申し上げさせていただきます。

挿絵、キャラクターデザインを担当してくださっている clear《クリア》 様。この度も素晴らしいカバーイラスト、挿絵を描いてくださり、ありがとうございます。

またこの本の制作に関わってくださった全ての方、なによりこの本を購入してくださった読者の皆様にあらためてお礼を申し上げさせていただきます。

それでは六巻でまたお会いできることを祈っております。

お見《み》合《あ》いしたくなかったので、無《む》理《り》難《なん》題《だい》な条《じょう》件《けん》をつけたら同《どう》級《きゅう》生《せい》が来《き》た件《けん》について5

著　桜《さくら》木《ぎ》桜《さくら》

角川スニーカー文庫　23310

2022年9月1日　初版発行

発行者　青柳昌行

発　行　株式会社KADOKAWA
〒102-8177 東京都千代田区富士見2-13-3
電話　0570-002-301（ナビダイヤル）

印刷所　株式会社暁印刷
製本所　本間製本株式会社

◇◇◇

Printed in Japan　ISBN 978-4-04-112880-0　C0193

★ご意見、ご感想をお送りください★

〒102-8177 東京都千代田区富士見 2-13-3
株式会社KADOKAWA　角川スニーカー文庫編集部気付
「桜木桜」先生「clear」先生